KB125321

좋은

교사가

되고

싶지

않아

# 좋은 교사가
# 되고 싶지 않아

교사로 살아가는 우리들에게

임송이 + 강진영

에듀니티

# 차례

그토록 원하던 교사가 되었지만 '교사'라는 직책이 심히 부담스러울 때가 있다. 이름 뒤에 따라붙는 '선생님'이라는 호칭을 얻기 위해 청춘을 바쳤건만, 막상 이 호칭이 내 삶을 옭아맬 줄은 꿈에도 몰랐다.

어린 시절 내가 생각했던 교사는 이런 게 아니었다. 원하지도 않은 '철밥통'이라는 별명을 얻었고, 사람들은 나에게 안정된 삶을 보장받았다고 말하지만 나는 교사가 된 이후 한시도 편한 날이 없었다. 줄곧 '모범'과 '본보기'가 되어야 한다는 무언의 강요를 받으며 살아왔으니까 말이다. 대체 그 모범과 본보기의 기준은 무엇일까? 답이 정해져 있지 않은 상대평가의 압박 속에서 행여 내가 누군가의 모범이 되지 못해 실망시키지 않을까 하는 불안함에 전전긍긍할 때도 있었다. 종종 들리는 교권 추락에 관한 기사를 접할 때면 교사의 월급에 나의 '인권'에 대한 값도 포함된 것은 아닌가 하는 의구심이 든 적도 있었다.

그럼에도 나는 20여 년을 교직이 천직이라 여기며 살아왔고 앞으로도 살아갈 생각이다. 교사가 아닌 삶을 상상해본 적이 없다. 나는 좋은 교사가 되고 싶다. 하지만 나의 모든 것을 갈아 넣어서까지 좋은 교사라는 칭찬을 얻고 싶지는 않다. 교사의 직업이 중요하듯 내 인생도 소중하기 때문이다. 이렇게 교사로서의 정체성을 고민하고 있을 때, 동갑내기 동료 진영이를 만났다. 우리는 정반대의 사람들이었다. 특수교사와 일반교사라는 다른 점을 시작으로 성격, 생활방식과 취미까지 비슷한 것이라고는 없는 우리들이었다. 다만 교직사회 안에서 각자의 방식으로 나를 잃지 않으면서, 나다운 교사가 되기 위해 스스로를 연마하고 자책하며 교단에서의 삶을 이어나가고 있다는 점이 같았다. 사실 그게 우리가 친해질 수 있었던 가장 큰 이유이기도 했다.

교직사회는 반반 치킨 같다. 프라이드 반, 양념 반처럼 언제나 희비도 반반 교차되니 말이다. 어떤 날은 당장이라도 그만두고 싶을 만큼 회의감이 들다가도, 다음 날에는 이 학교 운동장에 뼈를 묻고 싶을 정도로 자부심이 넘쳐났다. 돈을 버는 모든 직업이 그렇지 않을까. 교직은 나에게 일터이자 생계의 수단이었으니, 이런 감정의 기복은 당연한 걸지도 모르겠다. 하지만 우리는 여느 직장인들처럼 직장에 대한 불만을 토로하고 싶어도 항상 조심스럽다. 세상에 더 힘든 일도 많은데 복에 겨워 징징대는 것으로 들리지는 않을까 두려웠다. 그럼에도 한 번쯤은 허심탄회하고 솔직하게 말하고 싶었다. 중립이어야 하는 교사의 삶에서 온전한 내 생각을, 그게 설사 틀렸다고 하더라도 말이다.

그렇게 해서 우리의 편지는 시작되었다. 설사 이 기록이 누군가에게 비난을 받게 될지라도 쓰는 순간만큼은 나 자신에게 솔직해지고 싶었다. 매주 주고받는 성찰의 시간을 통해 교사로 살아가고 싶은 내가 조금씩 더 단단

교사로 살아가는 우리들에게

해질 수 있기를 바라며, 또한 같은 생각과 고민을 하고 있을 또 다른 동료 교사들의 마음도 함께 어루만져줄 수 있기를 바라는 담담한 마음으로 편지의 첫 번째 글을 시작하려고 한다.

송이

가짜 교사에서

진짜 교사가 되었어

진영아. 우리가 '국민학교'를 다니던 시절, 칠판 아래에 한 뼘 높이의 교단이 있었던 것 기억나? 그 위에 서서 우리를 내려다보던 선생님은 이 교실의 '대장'이었지. 어린 마음에 그 권위가 부러워서 나는 선생님이 되고 싶었어.

중학생이 되자, 권위에 대한 부러움은 반감으로 바뀌었어. 사춘기라서 그랬을 수도 있고, 나는 되고 너희는 안 되는 '내로남불'식 교육방식에 배알이 틀렸던 것 같아. 그 반항심으로 나도 보란 듯이 교사가 되어야겠다고 다짐했어. 고등학생이 되었을 때는, 반항심보다 '안정직'이라는 조건이 눈에 들어오더라. 가난한 나에게는 앞으로의 안정적인 미래가 절실했거든. 그러고 보면 나는 처음부터 교사가 되고 싶어 했어. 이유는 달라졌지만 어릴 때부터 줄곧 교사가 되고 싶은 마음은 변함없었어.

고등학교 진학 후 IMF가 터지면서 나 같은 생각을 하는 사람들이 폭발적으로 늘어났어. 안 그래도 높았던 교대 문턱은 더욱더 높아졌지. 사실 꼭 '초등교사'가 되어야겠다는 생각은 없었어. 국립이니까 등록금도 싸고, 교직 중 임용 T.O가 가장 많으니 사범대보다는 교대가 좋을 것 같았어. 돌아보니 교사로서의 내 시작은 불순했던 것 같아.

그런데 말이야, 사실 마음만 불순했던 게 아니었어.

내 학교 성적이야말로 불순 그 자체였거든. 교대에 원서라도 써보려면 적어도 내신 성적이 중상위권은 되어야 했는데 언제나 내 성적은 중간이었어. 잘하는 것도 아니고 못하는 것도 아닌 어정쩡한, 엉거주춤한 성적 말이야.

고3이 되고 성적에 맞춰 진로를 정해야 했는데, 교대는 아무래도 내 성적으로는 어림도 없을 것 같더라. 일찌감치 포기하고 안정적으로 밥 먹고 살 수 있는 길을 고민하던 차에 엄마가 특수교육과를 제안하셨어. 단지 그 이유야. 그래서 특수교육과로 갔어. 말은 참 쉽게 하지만, 꽤 먼 거리의 사립대학교는 당시 우리 집 형편으로는 버거웠어. 거의 유학 수준이라고 봐야 해. 마지막 학기까지 등록금 걱정을 안 해본 적이 없었거든. 그래도 다행히 휴학은 하지 않고 꾸역꾸역 등록금을 마련해서 졸업은 할 수 있었는데 그 와중에도 나는 비싼 등록금 걱정보다 '아, 어떻게 장애를 가진 학생들 옆에서 침을 닦아주며 같이 밥을 먹지?' 하는 고민을 더 먼저 하고 있더라.

"왜 특수교육과를 지원하게 되었어요?"

이런 질문을 받을 때면 괜히 나도 모르게 우물거리게 돼('엄마가 가라고 해서요'라고 말하기엔 너무 쪽팔렸으니까). 그래서 누가 나에게 '대단한 일을 하시네요'라는 말을 할 때면 괜히 부끄러웠었어.

특수교사에 대한 뚜렷한 확신도 없이 대학 캠퍼스에서 내 청춘을 흐지부지 보내던 중 학점을 위한 봉사활동에서 처음으로 네 살짜리 자폐 아이를 만났어. 내가 달라진 건 그때부터였던 것 같아. 토요일마다 장애를 가진 미취학 아이들과 동행하여 여러 가지 체험활동을 함께 하는 프로그램이었거든. 전공 책에 줄 그어가며 무슨 장애, 무슨 장애를 주야장천 외우기만 하던 나에게 생생한 현실이 다가온 거지. 1년 가까이 주말마다 중증 장애 아이들 손을 잡고 공원에도 나가고 놀이공원에도 함께 다녔어. 그때는 다운증후군 장애인들의 생김새가 비슷한 특성이 있다는 사실도 몰랐어. 서툴고 무지했지. 소리 지르며 도망가는 아이들을 정신없이 잡으러 뛰어다니고, 길바닥에 드러눕는 아이들을 일으키느라 진이 다 빠졌지만 매주 그 시간이 기다려지더라고. 그때가 내 청춘의 가장 빛나던 토요일들이었어. 집으로 돌아오면 온몸이 쑤시고 피곤했지만, 아마 그건 진짜 교사가 되려고 겪는 성장통이었을 거야.

한편으로는 자만심 같은 것도 생겼던 것 같아. 점점 이 일이 적성에 맞는 것 같고, 잘할 수 있을 것 같았거든. 하지만 생각처럼 현실은 그리 호락호락하지 않잖아? 찔끔 경험해본 것 가지고 잘할 수 있다고 호언장담하던 나의 패기가 패대기쳐진 건 교생실습 때였어.

키가 나보다 세 뼘은 더 커 보이는 지적장애 남학생이 교생실습수업 도중에 나에게 다가와 바지 지퍼를 내리더니 자신의 팬티를 손으로 가리키더라고. 돌발 상황에 당황한 나는 그 자리에 서서 얼굴만 벌건 채 서 있자, 옆에 있던 젊은 여교사가 아무렇지도 않게 말했어. "수철(가명)이가 며칠 전에 포경수술을 했어요. 아마 그 이야기가 하고 싶었나 봐요." 덤덤하게 말하며 늘 그래왔다는 듯이 수철이의 바지를 다시 입혀주던 특수교사의 태도를 보며 나의 편견에 조금 부끄러워졌어. 그렇게 나는 전공서적에서는 일러주지 않았던 것들을 현장에서 직접 아이들과 만나가며 부딪히고 깨지면서 터득하기 시작했는데 그때부터 진짜 교사가 되고 싶었던 것 같아.

그렇게 해서 이제 '진짜' 교사가 되고 나니 어떠냐고? 음… 막상 교사가 되어보니 교생실습 때 봤던 현장의 느낌과 또 다르더라. 어렵게 공부해서 겨우 임용고시를 합격하고 교사가 되었는데 나는 1년 내내 한자리 수 덧셈만 가르치고, 아니면 똥오줌만 가려주다 한 해가 갈 때도 있거든. 자해가 심한 학생에게 뺨을 맞아도 화를 낼 곳도 없이 삭혀야 하는 직업이 바로 특수교사란 걸 교사가 되기 전에는 미처 몰랐어. 지금도 한 학기 동안 실컷 가르쳐도 방학이 끝나고 돌아오면 포맷시킨 컴퓨터

같은 표정으로 아이들은 나를 바라봐. 진영아, 그런데 나는 그게 희한하게도 '공감'이 되더라. 나도 그랬으니까. 우리 아이들은 나처럼 공부를 참 싫어하고(또 공부에 소질도 없고), 황소고집에, 가끔은 이유 없이 소리치며 울기도 해. 내 마음과 비슷할 때가 많은 아이들을 보며, 17년이 된 지금에야 아주 조금씩 특수교사라는 직업의 감을 잡기 시작했어. 아이들을 가르치고 사랑한다는 것은 보이는 것이 전부가 아니었어. 손으로 안아주고 보듬어주는 것이 전부가 아니라, 눈으로 마음으로 안아주고 업어주는 법도 있다는 것도 깨달아가기 시작한 거지. 그렇게 나는 단순히 성적에 맞춰서, 엄마가 시켜서 시작했던 가짜 꿈에서 서서히 진짜 '내가 하고 싶은 꿈'으로 바뀌어가고 있어.

그러고 보면 나는 아무래도 특수교사가 천직인 것 같아. 하늘에서 "너는 특수교사다" 하고 처음 태어날 때부터 직업 칸에 미리 적어주고는 내려보낸 것 마냥 나에게 특수교사라는 직업은 아주 딱 맞는 옷이야. 처음 이유가 어찌 되었든 지금의 나는 내가 특수교사를 하기 위해서 태어난 것은 아닐까 하는 착각을 하며 살고 있지. 시작은 비록 불순하고 지질했었지만, 그것이 지금의 나에게 진짜를 알려주게 될 줄 누가 알았을까. 역시 인생은 알다가도 모를 일인 것 같아.

진영 미지의 세계로

송이야. 우리가 만난 지 10년이 되어가고 있나? 우리 반 민석이가 특수교육대상학생이라 너와 교류를 하기 시작했지. 너의 첫 편지를 읽으면서 놀라운 사실을 깨달았어. 너와 기타 동아리에서 함께 기타를 치고 글에 대한 이야기를 나누면서도 학교에서 있었던 일은 나누지 않았다는 것을. 민석이의 수업 시간을 어떻게 조율할지 의논하고 민석이의 교실 생활에 대해 이야기를 나눈 것이 전부였어. 너에게 어떻게 특수교사가 되었는지, 특수교사의 일은 어떤지, 너와 잘 맞는 일인지 그런 것에 대해서는 물어본 적이 없다는 것을 너의 편지를 읽으면서야 깨달은 거야. 마치 너를 처음 만나 인사하고 서로에 대해 소개하는 새로운 기분이 들었어. 이제야 너에 대해 조금 알게 된 것 같기도 하고, 너의 이야기가 더 궁금해지기도 해. 어쩌면 그때의 난 우리가 더 친해지기 위해서는 학교 이야기가 아닌 서로의 사적인 이야기들을 나눠야 한다고 생각했던 것 같아. 우리 삶의 대부분을 차지하고 있었던 것은 교사라는 삶이었는데 그것을 빼고서 너에 대해 알려고 했다니! 앞으로 너와 진솔하게 편지를 주고받을 시간들이 어쩌면 너에 대해 알게 되면서 또 나에 대해서도 알게 되는 시간일 것 같아. 너에게 물어본 적 없듯이 나에게도 물어본 적 없던 질문을 하게 되겠지. 그리고 어쩌면 그 질문들은 교사가 되고 10여

년이 흐른 지금이라서 이야기할 때가 된 것 같다는 생각이 들기도 해!

선생님은 되고 싶었지만 특수교사에 대해서는 생각해본 적 없던 네가 '인생은 알다가도 모를 일'로 특수교사가 된 이야기를 읽으며 웃음이 나왔어. 내가 초등교사가 된 사연이랑 너무 비슷해서!

너도 알다시피 내 꿈은 언제나 작가였으니까 초등교사라는 직업은 계획에는 없던 일이었지. 대안으로 '문학 선생님'을 염두에 두기는 했어. 국어국문학과에 들어가서 문학을 공부하며 교직이수를 하고 중등교사 자격증을 받고 졸업했지. 중등 국어교사로 일하며 작가의 꿈을 이어가겠다고 생각했는데 중등 임용고시에서 두 번 떨어지며 나의 자존감은 바닥을 쳤지. 부모님은 교대 편입을 제안했는데, 초등교사가 된다는 건 정말 너무너무 너무너무 싫었어. 그때 내가 들었던 말이 '여자에게 가장 좋은 직장, 시집가기 좋은 직장'이 초등교사라는 말이었기 때문에 거부 반응을 일으켰던 거야. 그러나 대안은 없었어. 집에서 먼 교대에 편입해 위장 학생이 되어 글을 쓰는 방법이 최선이었어. 임용고시에 떨어지자마자 교대 편입이 있었기 때문에 얼마 준비도 못하고 1차 서류를 내야 했어. 수많은 교대의 목록을 보며 어느 학교에 서류를 내야 할지 고민했어. 여기에 내 인생 전부

진영이가 송이에게

가 걸린 것 같았지. 우선 제주도에서 벗어나기 위해 제주교대는 후보에서 제일 먼저 지웠어. 며칠 동안 목록을 응시하다가 춘천교대와 대구교대에 서류를 내기로 결정했어. 두 군데 다 1차 서류 전형에 합격했고, 2차 시험을 보러 갈 학교를 결정해야 했어. 무언가 간절해졌을 때 어디선가 목소리가 들리는 경험을 한 적 있니? 중대한 선택의 기로에 선 사람에게 들려오는 목소리… 춘천. 교대 편입시험을 남들은 1년 내내 준비한다는데 논술과 면접을 대비할 시간이 2주 정도 밖에 없었던 것 같아. 다행인 것은 논술은 국문과생에게는 새로운 것이 아니었고 논술 주제도 공부해왔던 교육학이었다는 거야. 시험 전날 춘천으로 떠났어. 그때 내 마음은 떨린다기보다는 여행 가는 사람처럼 설렜던 것 같아. (부모님은 내 꿍꿍이를 전혀 모른다는 통쾌함도 있었지.) 제주에서만 살아왔던 나에게 산은 한라산이 전부였는데 김포 공항에서 버스를 타고 춘천으로 가는 길에 눈 덮인 산맥을 보았을 때의 웅장함은 아직도 선명해. 처음으로 산맥의 실체를 체감한 거야. 이것이 사회과부도에서만 보았던 산맥이라는 것이구나!

논술 주제는 내가 너무나 잘 쓸 수 있는 주제가 나왔고(내가 제일 좋아하는 책이 『어린왕자』인데 지문 중 하나가 그 책에서 나왔어!), 면접 질문도 내가 잘 대답할 수 있는 것이었어(국문과 학생인 나에게 비언어적 의사소통에 대한 질문들이라니.) 다른 사람들이 받은 질문을 내가 받았다면 제대로 대답하지 못했을 거야. 그러니까 신은 내 길을 정해 놓은 거야. 초등교사의 길로. 합격 발표를 확인하던 날 펑펑 울었던 것도 기억나. 그때 난 기뻐서 운 것이라기보다는 두 번의 실패로 바닥을 친 자존감을 보상받는 기분으로 울었어. 그리고 보이지 않는 손이 내가 가고자 했던 길이 아닌 전혀 알지 못하는 세계의 길로 데려다 놓는 것을 강렬하게 느꼈어.

다시 대학생활이 시작되었어. 잊지 말자, 교대에서 공부하는 척하면서 글을 쓰자, 다짐하며 교대에 다니게 되었는데….

교대가 이런 곳이었어? 아무도 나에게 일러준 저이 없기에("아무도 그에게 수심을 일러 준 일이 없기에"- 김기림의 〈바다와 나비〉를 자주 패러디하곤 해) 나는 교대가 이렇게 재미있고 나에게 딱 맞는 곳일 줄 몰랐던 거야. 새로운 것을 배우는 것을 좋아하고 같은 것을 반복하는 것을 싫어하는 나에게.

'교대에서 무용을 배워? 체육 수업에서는 골프를 가르쳐줘? 볼링이랑 스키도? 피아노와 장구를 치고 미술 수업까지?' 한번은 식음을 전폐한 사람처럼 고흐의 '카페테라스' 모사하기를 여덟 시간 동안 집중해서 한 적도

진영이가 송이에게

있었어. 이것저것 배우는 것이 너무 재밌었던 거야.

왜 어른들은 내게 '초등교사는 여자에게 가장 좋은 직업'이라 말하며 거부감이 들게 했을까. 늘 새로운 것을 배우고 가르칠 수 있는 직업이라는 사실을 왜 말해주지 않았을까. 학생들을 가르칠 때도 그렇잖아. 학생이 무엇을 좋아하는지 어떤 성향을 가졌는지를 파악하고 그에 맞게 학생이 선택할 수 있도록 도와줘야 하잖아. 영화 〈블라인드 사이드The Blind Side(존 리 행콕 감독, 2009)〉에서 리 앤은 마이클 오어에게 가족에 대한 보호 본능 수치가 높다는 것을 파악하고 그걸 이용해서 능력을 최대한 이끌어내지. 리 앤이 그런 것처럼 누군가가 '새로움과 변화'를 지향하는 내 성향을 파악해서 초등교사에 대해 처음부터 긍정적인 생각을 할 수 있게 해주었다면 좋았겠다는 생각이 들어. 초등교사가 되면 리 앤 같은 교사가 되어야겠다는 다짐 속에서 본격적으로 초등 임용 시험을 준비하게 되었어. 보이지 않는 손이 이끄는 길을 거부하지 않게 된 거지.

내가 여전히 초등교사로 살아갈 수 있는 이유 중 하나는 '새로움'인 것 같아. 해마다 다른 학년을 만나고 다른 학생들을 만나고 새로운 것을 가르치고 새로운 학교로 발령이 나고 새로운 동료들을 만날 수 있는 이 직장이 나에게 잘 맞아. 같은 학년을 연속해서 맡는 것을 좋아하는 사람들도 있겠지만 나는 해마다 새로운 학년을 맡는 걸 좋아해. 같은 학년을 맡게 되더라도 다른 방법으로 가르칠 수 있어. 교과전담을 할 때는 같은 수업을 여러 번 해야 하는 것이 걱정이 되었는데 함께하는 학생들이 다르기 때문에 수업은 매번 새로웠어. 수업이란 학생들과 함께 만드는 것이란 것도 그때 깨달았지.

최근 3년은 1학년을 자원해서 맡고 있어. 1학년을 처음 만났을 때는 1학년의 특성을 파악하며 보냈어. 이것저것 시도해보았지. 체육수업을 하려고 번호순으로 줄을 세웠는데 다음날 번호순으로 다시 줄을 서보라고 했더니 자기 번호를 잊어버린 아이들이 대다수였어. 다시 번호를 알려주며 줄을 세워줬지. 체조를 해보려고 다섯 명씩 다섯 줄로 세워서 자기 자리를 기억하게 하려고 나무까지 뛰어갔다 돌아와서 다시 자기 자리에 서보는 활동을 했어. 줄 서는 연습을 하다가 수업이 끝났지. 다음날 드디어 줄을 다 서가는데 한 명이 화장실 가고 싶다고 해서 보내줬더니 너도나도 화장실을 가겠다며 우루루 가버렸어. 다섯 명 정도만 자리에 남아 있었지.

두 번째 해에는 좀 알 것 같다고 생각했지만 새로운 아이들이니 예측불허의 일들이 늘 벌어져. 쉬는 시간에 화분이랑 놀고 싶다고 화분을 들고 나가는 아이도 있고, 그림을 그리고 싶은데 무엇을 그려야 할지 모르니 매일

정해 달라는 아이도 있고….

　1학년은 도저히 알 수 없는 미지의 세계야. 늘 새로워.
나는 이 미지의 세계에 있는 것이 참 좋아.

교사라는 그린벨트 속의
우리

미지의 세계 속의 진영아. ('미지의 세계 속'이라는 말은 너랑 너무 잘 어울리는 것 같아!)

안 그래도 나 역시 그 이야기를 막 하려던 참이었는데, 통했구나! 그러고 보니 우리가 알게 된 지도 벌써 10년이나 흘렀네. 휘몰아치던 20대를 막 끝내고, 새롭게 맞이하던 30대 시작점에 너를 알게 되었지. 그런데 네 말대로 우리는 10년이라는 시간 동안 학교에 대한 이야기를 거의 안 했던 것 같아. 교사들이 만나면 대화의 반 이상이 학교(학생, 업무, 동료 등) 이야기잖아. 심지어 근무 시간이 아니어도 이야기의 흐름은 늘 '기-승-전-학교'로 끝나기 마련이지. 그런데 신기하게도 우리는 학교에 대한 이야기를 별로 하지 않았어. 심지어 같은 학교에서 몇 년을 함께 근무를 했음에도 말이야.

그런데 나는 그 이유를 알 것 같기도 해. 그때 우리들은 막 30대에 접어들었고, 저경력 딱지를 뗀 지도 얼마 안 되었던 시점이었지. 대개 그 시기쯤에 교사에 대한 회의감과 권태기, 그리고 정체성에 대한 고민을 한 번쯤은 한다고 하잖아. 나 역시도 그때 '학교 안의 나'와 '학교 밖의 나'에 대한 정체성을 찾고 있었던 시기였어. 열정이 사라진 건 아니지만 '기-승-전-학교'는 신물이 났거든. 나는 학교 이야기보다 학교 밖의 이야기를 나눌 사람이 필요했어. 학교 안의 사정을 잘 알면서, 학교 밖의 이야기에도 능통한 누군가가 절실했지. 임용을 치르고 무연고인 강원도에 와서, 사람 구경도 하기 힘든 시골 학교로 발령을 받은 순간부터 나의 모든 것은 학교였으니까. 퇴근 후에도, 주말에도 마찬가지야. 나의 인맥은 학교 사람들뿐이었거든(심지어 그 당시 연애도 교사와 했었어). 대화 주제는 언제나 '학교'였어. 학교 안에서 그날 있었던 일에 대한 이야기가 바닥이 나면 잠깐의 침묵이 흐르지. 그러다 결국 마음에 안 드는 동료의 험담, 혹은 심증뿐인 스캔들을 들먹여야만 대화를 이어나갈 수 있었을 정도였어. 대화에는 '나'라는 사람은 없었어. 왜냐하면, 나도 그들도 오로지 학교밖에 모르는 사람들이었거든. 아침부터 저녁까지 심지어 퇴근해서도 항상 학교 일에 얽매이다 보니 대체 우리가 모여서 할 수 있는 다른 대화 주제가 뭐가 있었을까.

그런데 너와는 달랐어. 우리는 서로에 대해서 궁금해했지. 임 선생보다 임송이를 궁금해했던 동료는 아마도 처음이었던 것 같아. 나 역시 강 선생보다는 강진영에 대해서 궁금했었어. 네가 만약 남교사라면 오해받기딱 좋을 정도로 말이야. 네가 쓰는 글이나 생각에 대해알고 싶었지. 내가 가보지 못한 길을 너는 가보았고, 내가 생각하지 못한 것을 너는 하고 있었으니까. 당시 너를 만난 건 삭막한 현실 속의 단비였어. 널 처음 만난 게

'교사 강진영'으로서가 아니라 기타 동아리의 '강진영 회원'으로서였다는 사실도 한몫을 했겠지(항상 '교사를 색안경 끼고 본다'라고 불평을 하는 나이지만 나 역시 교사에 대한 색안경을 끼고 있음을 인정할게). 그런데 10년간 알아온 너를 떠올려보면, 순서가 바뀌었다고 하더라도 별 상관 없었을 것 같아. 나는 사람들 인생을 각자의 '놀이터'라고 생각하는데 너는 나보다 꽤 근사한 놀이터를 가지고 있었어. 게다가 너만의 놀이터에서 꽤 자유롭게 뛰어놀고 있는 것 같아 보였어. 어쩌면 너와는 '기-승-전-학교'가 아니라 일반적인 '기-승-전-결'의 대화를 할 수도 있겠다는 생각을 했었던 것 같아.

10년이 지난 지금의 나는 어떻게 지내냐고? 너를 처음 만났던 그때도, 10년 후의 지금도 나는 여전히 어떻게 살아갈지에 대해 고민하는 중이야. 학교라는 우물 속에서 과연 내가 앞으로도 만족하며 안주하고 살아갈 수 있을지, 아니면 이제라도 우물 밖으로 뛰쳐나가 호되게 겪어가며 새로운 세상을 알아가야 할지를 말이야. 물론 나는 '공무원'의 신분을 감사하게 생각해. 그 신분이 나를 가난에서 벗어나게 해주었으니까. 하지만 세상에 공짜는 없더라. 안정적인 직업을 가진 대신 나의 놀이터가 이제는 '그린벨트'로 지정되어버렸거든. 그린벨트처럼 내 인생도 공무원이 되는 순간부터 개발제한구역으로 묶여버린 거야. 내가 학교 운동장에서 발가벗고 뛰어다니지만 않는다면 내 놀이터(내 인생)는 망가질 일은 없을 테지. 내 인생은 안전성을 보장받는 대신 튜닝의 제약을 상당히 받는 그린벨트 놀이터가 된 거야. 그러다 보니 나는 내가 하는 모든 행동들을 강박적으로 '교사로서 해도 되는 일'과 '교사로서 하면 안 되는 일'로 구분 짓게 되었지. 그런데 이렇게 살다가는 결국 모든 일에 지레 겁을 먹고 평생 눈치만 보며 살 것 같더라. 내가 가르치는 아이들에게도 안전하게 사는 법만 가르치는 샌님 같은 교사가 될 것만 같아서 연차가 올라갈수록 점점 두려워졌어.

이미 너도 알다시피 나는 '착한 아이 콤플렉스'와 '스마일 증후군'이라는 치명적인 고질병을 가지고 있잖니. 지금도 이 글을 쓰면서 본능적으로 혹시 누군가에게 지적당할 수 있는 문장이나 어투가 없는지를 고민하며 쓰게 돼. 누군가를 적으로 만들지 않아야 한다는 생각을 본능적으로 하고 있어. 이 정도로 겁쟁이인 내가 교사이기 전의 '나'를 찾기 위해 일단 우물 밖으로 고개를 내밀어보기로 결심한 거야. 물론 그래봤자 그린벨트의 규칙까지 벗어날 순 없겠지만, 나에게는 엄청난 일이거든. 그렇게 가장 안전한 일탈로 생각한 것이 바로 '블로그'

송이가 진영이에게

였어. 행여 질타가 있으면 계정을 없애버리면 될 테니까. 다행히 계정을 폭파할 일은 생기지 않아서 10년 넘게 블로그를 하고 있단다. 그 공간에서 나는 나에 대해 솔직하게 표현하는 연습을 시작했지. 가끔 나에 대해 모르는 분은 내 직업이 '파워블로거'인 줄 알아(물론 파워블로그는 아니야). 그런 말을 들을 때면, 조금은 교사의 틀을 벗어나는 것에 성공한 것 같기도 해. 사실 블로그를 처음 시작할 때는, 고민이 많았거든. 나를 어디까지 공개해야 할지, 나의 생각을 어디까지 표현해도 되는지를 말이야. 사이버 공간이라는 곳이 나를 숨기고 새로운 나를 만들기 적합한 공간이잖아. 직업이야 얼마든지 숨길 수 있지. 아마 직업을 숨긴다면 블로그에서만큼은 좀더 자유로웠을 수도 있었을 거야. 하지만 이왕 우물 밖으로 나와 보기로 결심했으니 모든 것에서 떳떳하고 당당해지고 싶었어(교사인 게 죄는 아니니까). 여전히 일부의 사람들은 편견으로 나를 바라보기도 해. '교사이면서, 교사라면서, 교사라면'의 말로 나를 비난하거나 훈계하려 들 때도 있어. 하지만 내가 '학교 홈페이지'를 만든 건 아니거든. 내가 교사일 뿐이지 '만물박사'가 아닌데도 사람들은 '교사 임송이'에게 기대하는 것이 참 많아. 교사라고 해서 항상 착한 말, 착한 생각, 착한 행동만을 하고 살 수는 있는 것은 아닌데 말이야.

그런데 말이야, 편견의 시작점은 타인이 아니었어. 거의 10년 동안 편견을 탓하며 살았었는데, 그런 것들에 대해 신경을 쓰고 있는 건 다름 아닌 나일지도 모른다는 생각이 들어. 지금만 해도 그래. 나는 너에게 쓰는 이 글마저도 솔직하지 못 하는 순간들이 있어. 글을 조금 더 온화하게 꾸며 쓰려고 나도 모르게 노력하고 있거든. 무의식적이지만 끊임없이 타인을 의식하고 있는 건 바로 나였던 거야. 결국 나를 옭아매고 있었던 것은 나 스스로가 아니었을까.

진영아. 나는 아마 내 발로 교직의 그린벨트를 벗어나지는 않을 것 같아(평교사로 정년퇴임이 목표거든). 그렇다면 내가 이제 어떻게 해야 할까? 영화 〈캐스트 어웨이 Cast Away(로버트 저메키스 감독, 2000)〉에서 조난당해 무인도에 갇힌 주인공처럼 나도 윌슨 같은 친구를 만들어 적응해나가는 것이 맞는 걸까. 현재로서는 적응해나가는 것이 최선이라는 생각이 들어. 벗어나려고 아등바등하지 말고, 여기서 재미있게 살아가는 법을 익히는 것도 하나의 방법일 것 같고 말이야. 그래서 이제부터는 그린벨트에 묶여 있어서 나를 개발할 수 없다라는 둥 징징대는 것을 그만두려고 해(일단 나는 사람들 눈치 보는 것부터 좀 고쳐야 할 것 같아). 적어도 이 편지글 속에서만큼은 나 자신에게 더 솔직해지기로 결심했어. 어쩌면 네가 말한 미지의 세계는 1학년들만의 이야기가 아닌 것 같아. 교사라는 그린벨트 속에 있는 대다수의 교사들 역시 같은 마음이지 않을까.

진영　　　　탈색하면 뭐 어때

너는 손이 참 야무졌어. 뚝딱뚝딱 잘 만들어냈어. 교실 환경을 예쁘게 꾸며야 하고, 미술 수업을 준비해야 하는 초등교사에게 뭐든지 만들어낼 수 있는 손은 꼭 갖고 싶은 손이지. 그리고 너는 기타도 잘 치고 노래도 잘 불렀어. 사진도 잘 찍고 편집도 잘하고 블로그 운영도 꾸준히 하고 다양한 경험을 하는 것도 좋아했고 다정하고 친절했어. 너의 놀이터에서 신나게 노는 사람. 교사에게 필요한 모든 것을 너에게서 보았어.

　우리 각자가 생각하는 교사상이 있겠지만 처음 우리는 사회가 요구하는 교사상에서 자유롭지 못했던 것 같아. 오랜 시간동안 만들어진 교사라는 고정관념 말이야. 처음에 내가 교사가 되고 싶지 않았던 이유이기도 해. 단정하게 옷을 입고 갔을 때 사람들이 '선생님 같네요'라고 하고, 내가 말을 조곤조곤 하면 '역시 선생님이네요' 했어. 그런 말이 듣기 싫었어. 그런 시선들이 나를 옭아맨다는 생각이 들었거든.

　선생님이 되었을 때 내게 자격이 있는지 고민했어. '모범적인 삶을 사는 모델'이 선생님이라면 자신이 없었거든. 그런데 누군가에게 모범이 되는 것만이 선생님일까? 선생님의 삶은 하나의 틀 안에 가둬도 되는 건가? 우리는 모두 다른 사람들인데 말이야.

　어느 해에 도덕 전담을 하게 되었지. 도덕이라니! 그

때까지만 해도 도덕은 규율이고 재미없는 과목이라고 생각하고 있었거든. 또다시 고민이 시작되었지. 다양한 철학 책들을 읽어보기 시작했어. 어떤 도덕 선생님이 되어야 할까. 어떤 인간상을 추구해야 할까?

그러다 보니 그동안 도덕에 대해 내가 착각하고 있었다는 것을 알았어. 내가 혐오하는 사람들, 되고 싶지 않은 사람들이 바로 도덕적이지 않은 사람들이었고, 내가 마음대로 하고 싶었던 것들이 도덕에 위배되는 삶이 아니었다는 것을 알게 된 거야.

특히 깊이 공감했던 철학자는 니체였어. 니체는 자신의 힘을 비판적으로 시험하고 도덕적인 편견들을 던져버림으로써 자신을 향한 힘을 의식해야 한다는 주장을 해. 인간을 노예적인 복종으로 끌어가며 위대한 것들을 폭압하는 도덕의 유해성을 지적하지. 니체가 제시하는 '위버멘쉬'가 내가 학생들에게 소개하고 싶은 인간상이었어. 디오니소스적 긍정의 삶을 살 수 있는 사람! 도취된 삶!

도덕 수업은 학생들에게 모범을 제시하는 수업이 아니라 생각하게 하는 시간이야. 어떤 가치를 추구할 것인지 생각하고, 다양성에 대해 생각하고, 만들어진 규율을 따르는 것이 아니라 규율이 정당한지 생각하는 시간. 규율이 정당하지 않다면 그 규율을 바꿔나갈 수 있는 비판

진명이가 송이에게

능력을 기르고 서로 토론하며 생각하고 말하고 쓰는 힘을 기르는 시간이지.

그때 학생들과 함께한 수업은 내게도 그런 힘을 기르는 시간이었던 것 같아. 교사니까 하면 안 되는 게 아닐까 하고 망설였던 것들을 하게 된 거야. 미용실에 가서 머리 색을 파격적으로 바꿨어. 탈색을 하고 그 위에 애쉬그레이와 애쉬보라색을 입혔어. 얼마나 아름다운 색깔이 나왔는지 나와 원장님은 같이 감탄했어. 출근을 했지. 혹시 교장선생님이나 교감선생님이(혹은 양육 책임자 민원) 내 머리 색에 대해 지적을 한다면 뭐라고 대응을 할지 마음을 단단히 먹고 갔는데 염려와는 달리 아무도 뭐라고 하지 않았어. 염색이 다 빠져 머리 색이 탈색한 노란색이 되었을 때도. 그들이 나에 대해 어떤 생각을 했는지는 모르겠지만, 뒤에서 어떤 말이 오갔을수도 있겠지만, 내게 머리 색을 지적하는 말을 않았다는 것이 놀라웠어. 동료교사와 학생들은 내 머리 색을 좋아했지. 당시 나는 도덕과 함께 영어 전담도 맡고 있었는데 학생들은 원어민 선생님을 만나는 것 같다고 더 좋아했어. 그러고 나니 머리 색을 바꾸는 것이 왜 그렇게 어려운 것이었을까 싶었어. "그 머리 색으로 출근하면 뭐라고 안 해?" 궁금해하는 친구도 있고 휴직 중이던 동료교사에게서는 자기도 탈색하고 싶었는데 출근할 때는 용기가 안 나서 휴직 중에 했었다는 얘기도 들었어.

머리카락 탈색은 타인에게 해를 끼치는 행동이 아닌데 왜 우리는 억압을 느끼는 걸까? 탈색하는 것은 교사답지 못하다는 건 많이 낡은 인식인데도. '교사로서 해도 되는 일, 교사로서 하면 안 되는 일', 이런 기준들이 합당하지 못하다면 바꿔야 하겠지.

한 번 탈색을 하면 염색을 할 때 다양하고 예쁜 색으로 염색을 할 수 있잖아? 분홍색으로 염색하고 색이 빠지면 보라색으로 파란색으로 카키색으로 머리 색을 자꾸 바꾸었어. 머리 색을 바꾼 것만으로 다른 내가 된 기분이 들어.

경험이 풍부한 교사는 다양한 학생들을 이해할 수 있고, 보여줄 수 있는 세계가 넓어져. 많이 알고 많이 겪고 많이 사유할수록 전해줄 것이 많아질 거야. '자유 정신'과 '육체와 힘에의 의지'로 하고 싶은 것을 하고 삶 자체를 긍정하며 행복을 찾아가는 위버멘쉬 같은 교사가 또 하나의 모델이 되지 않을까? 새로운 규칙을 만들어가는 것이 교사의 모습 아닐까? 이제는 '교사라면'이라는 좁은 틀에서 벗어나려고 해.

회원들끼리 서로의 글을 보여주고 이야기하는 합평회에 일주일에 한 번씩 다니고 있는데 그곳에서 방송작가, 웹툰 작가, 영화배우, 시인, 소설가, 작곡가, 피아니스트, 여행 작가, 기자, 카피라이터, 편집자 들을 만났어. 여행길에서는 비행사, 서퍼, 타투이스트, 통역사, 건물주, 회사원 등 다양한 사람들을 만났어. 내가 나열한 것은 직업뿐이지만 그들 한 명 한 명에게는 다양한 이야기가 있었고 복잡한 모습들이 있었어. 직업을 떠나도 그 사람들의 삶은 남아 있잖아. 한 사람의 정체성을 하나로 정해놓고 그 잣대로 바라보고 평가하는 것은 사람을 불행하게 해.

그러니 네겐 너의 놀이터가 무엇보다 소중한 것 같아. 너는 너의 놀이터에서 다양한 너를 표현하고 있는 것 같아. 요즘 유행하고 있는 '부캐'처럼. 너의 부캐 이야기가 궁금하다. 맞다! 너는 타투를 했다고 했잖아? 어떻게 하게 되었어?

송이

장애에만 편견이 있는 것이
아니었어

나도 너의 핑크색 헤어를 기억하고 있어! 네 서핑보드 색깔과 흡사했던 핑크색 헤어를 보고 '어쩜 저렇게도 선명하고 예쁜 분홍색이 나올 수 있었을까' 하고 신기하다고 생각했었거든.

내가 가르치는 장애학생들은 여느 사춘기 소녀들과 똑같아. 비장애학생들처럼 그들도 교사의 외모나 행동, 말투를 주시하고 따라 하고 싶어 하지. 내가 하트 귀걸이를 하고 오는 날에는 반짝이는 판박이 스티커를 귓불에 따라 붙이던 여학생이 있었어. 스펀지처럼 무엇이든 잘 빨아들이는 시기의 학생들에게 교사는 영향력이 있는 사람임은 분명한 것 같아. 그렇기 때문에 교사인 우리들에게 예나 지금이나 '단정과 정숙'을 강요하는 것이 아닐까 싶어. 하지만 시대는 하루하루가 다르게 빠르게 변화하고 있잖아? 심지어 시내에서 마주치는 고등학생들만 봐도 그래. 어쩔 땐 아이라인을 그렇게 예쁘게 그리려면 어떻게 해야 하냐고 도리어 내가 물어보고 싶었던 적도 있었어. 요즘 학생들은 우리 때와는 확연하게 다른 건 사실이야. 장애 인식개선 교육에서도 다름을 인정해야 한다고 가르치듯이, 교사들 역시 시대의 다름을 인정하고 그에 맞게 빠르게 변화되어 가야 함이 당연하지 않을까.

물론 네 핑크색 머리와 내 몸에 새긴 타투들을 정당화

하기 위해서 이런 말을 하는 것은 절대 아니야. 네가 네 머리 색에 책임 의식을 가졌듯, 나 역시 내가 원해서 새긴 타투들에 대한 편견의 대가를 톡톡히 치르며 살고 있단다. 타투를 누군가에게 정당화시키고 싶은 마음은 절대 없어(이렇게 말하니 마치 내 등에 큰 호랑이라도 한 마리 있는 것 같지만, 그 정도로 배포가 크지는 못해).

교사가 타투라니! 벌써부터 이 글을 읽으면서 혀를 끌끌 차는 사람들도 있겠지만, 첫 타투는 결혼반지 대신 네 번째 손가락에 새겨 넣은 작은 다이아 모양이었어. 혼수와 예단, 그리고 스드메(스튜디오 촬영, 드레스, 메이크업의 줄인 말)등 결혼식의 허례허식이 싫었던 나는 알 굵은 다이아몬드 반지를 맞추는 대신 그 자리에 타투 하나를 그려 넣었어. 변하지 않는다는 의미의 다이아몬드 반지나 다이아몬드 모양의 타투가 뭐가 다를까 하는 생각에서 말이야. 그 뒤로도 귀걸이 대신 귀 옆에 아주 작은 음표 모양을 새겨 넣었고, 나만 볼 수 있는 자잘한 타투들을 몸에 더 새겨 넣었었지. 후회하냐고? 그럼! 후회하지. 특히 팔뚝 부분에 있는 '높은 음자리표'는 살이 찌면 덩달아 우람해져 버리거든. 아주 작게 그려 넣었는데도 지금은 꽤 많이 커졌어(출산 후에는 더욱더 거대한 높은 음자리표가 되었지 뭐야). 그런 면에서는 가끔 후회를 하기도 하지만, 그 외에는 내가 한 선택을 되돌리고 싶은 생각은 한 번도 없었어.

　게다가 내가 한 선택에 있어 착실하게 책임을 지고 있는 중이야. 학교를 옮긴다거나, 새로운 보호자와 첫 상담을 할 때면 왼손 네 번째 손가락에 작은 반창고를 붙여 보이지 않도록 가려. '교사 임송이'를 처음 알게 되는 사람들에게 굳이 편견을 심어주고 싶지 않아서라는 이유로 말이지.

　편견이라는 말이 나와서 말인데, 내가 타투를 통해 본의 아니게 깨달은 것이 하나 있어. 세상에 장애에만 편견이 있는 것은 아니었더라고. 고작 손톱만 한 작은 타투 하나로 나는 첫인상에서 '날라리 교사' 혹은 '불성실한 교사'가 될 수도 있는 거잖아. 나의 첫인상은 이 작은 그림 하나에 좌지우지되기도 해. 그렇기에 타투의 수가 늘어날수록 나는 더욱더 열심히, 성실하고 완벽하게 교사로서 맡은 바 임무에 최선을 다하려고 노력하는 중이란다(또 이렇게 말하니 마치 내 몸에 열댓 개의 타투가 수두룩하게 있을 것 같지만, 그 정도로 배포가 크지는 않단다). 이렇게 내가 스스로 선택한 작은 타투 하나에도 편견이라는 녀석은 만만치 않은데, 스스로 선택하지도 않은 '장애'에 대한 편견은 오죽할까 싶어. 장애는 스스로 선택한 것도 아닌 데다가 심지어 반창고로도 장애를 가릴 수도 없잖니. 제아무리 노력해도 바라보는 시선이 달라지지 않는다면 장애는 결코 지워지지도 사라지지도 않는 그야말로 타투 중의 타투인 셈인 거지. 사실 이런 심오한 깨달음을 얻고자 타투를 한 것은 아니었지만, 그 뒤로 나는 장애에 대한 인식 개선에 더욱더 앞장서게 되었던 것 같아.

앞서 네가 염색을 하고 갔을 때 사람들의 반응이 아무렇지도 않아서 놀랐다고 했잖아. 왠지 그 이유를 알 것도 같아. 나 역시 그랬거든. 학교를 옮기고는 한동안 손가락의 타투를 반창고로 잘 가리고 다니다가 시간이 지나면 자연스럽게 그냥 내버려두게 되거든. 신기한 건 그렇게 눈에 잘 띄는 위치임에도 불구하고 아무도 이에 대해 일절 묻거나 질책하지 않는 거야. 전교생은 물론 보호자분들도 마찬가지로 말이야. 어쩌면 네 염색이나 나의 타투는 우리를 아는 사람들에게는 적어도 우리를 판단하는 잣대가 되지는 않는 모양이야. 만약 네가 평소 충실하지 않은 교사였다면 분명 누군가의 입에 오르내렸을 수도 있었겠지. 하지만 너를 알고 있는 사람들은 설사 네가 핑크색이 아니라 무지개색으로 염색을 하고 온다고 하더라도 이것으로 너의 교사 됨됨이를 평가하진 않았을 거야. 너 역시 그만큼 너의 선택에 떳떳하고 당당했고 말이지.

행여 언제라도 나의 타투에 대해 궁금해하는 학생이

송이가 진영이에게

있다면 나는 적극적으로 심도 있는 이야기를 나누고 싶어. 나의 첫 타투를 새겨주던 타투이스트 역시 무작정 시술을 해주던 다른 타투이스트들과 달리 나에게 이 타투를 왜 하려고 하는지, 단순히 과시용인지(그렇다면 해줄 생각이 없다고 하더라고), 쉽게 지울 수 없는 타투에 스스로 책임을 질 수 있는지를 물었어. 그래서 나도 누군가 나에게 타투에 대해서 묻는다면 똑같이 이 질문들을 되물어보고 싶어. 그러고 나서 내가 느꼈던 타투와 책임에 대한 연관성에 대한 것에 대해 말해주고 싶어(아! 살이 쪘을 때 타투의 크기가 본의 아니게 달라질 수 있음도 꼭 말해주고 말이야). 타투에 대해 신중히 생각해보라는, 타투 유경험자인 나의 대답에 적어도 '선생님이 뭘 알아요!' 라는 말은 하지 않겠지?

참고 있었던 이야기를 쏟아붓고 나니 정작 네가 물어본 '부캐'에 대한 이야기를 시작도 못했네. 부캐에 대한 이야기도 할 말이 좀 많거든. 그리고 또 듣고 싶은 것도 많고 말이야. '부캐'하면 또 진영이니까. 교사이기 이전에 시인이자 여행 작가, 파도를 사랑하는 서퍼로서의 너의 삶이 궁금했어. 물론 이미 너의 책과 SNS 등을 열렬히 구독하며 이미 너에게 대해 많은 정보를 알고 있지만, '교사로 살아가는 진영이'에게 부캐는 과연 어떤 의미인지 좀더 자세히 듣고 싶어.

진영 　　　나는 탈주자

영원히 질리지 않고 후회하지 않을 것을 새겨 넣을 수 있을까? 그 타투이스트의 물음처럼 평생 책임질 수 있는 것이 무엇일지 생각해봤어. 그동안에는 대답할 수 없었는데 이제는 말할 수 있을 것 같아. 언젠가 새겨 넣게 된다면 난 파도를 새겨 넣고 싶어!

　파도. 파도는 물의 물성을 가지고 있어서 한 가지로 머물러 있지 않고 다른 것으로 늘 변화해. 내가 아닌 다른 것이 되고자 하는 욕망은 인간의 기본 욕망 중 하나일 거야. 이 욕망에 대해서 집요하게 파고든 소설, 오르한 파묵의 『검은 책』에는 다른 사람이 되고 싶어 하는 사람들이 등장해. 갈립은 사라진 아내 뤼야의 행방을 쫓으며 사촌 형 제랄이 되고 싶어했고, 벨크스는 갈립이 좋아하는 뤼야가 되고 싶어했고, 벨크스의 남편은 아내가 좋아하는 갈립이 되고 싶어했어. 그러면서 끊임없이 '우리가 언제 자기 자신이 된 적이 있을까' 질문해. 그리고 '오로지 자기 자신이 되는 것'이 얼마나 어려운 일인지에 대해서도. 우리가 자기 자신이 되기 어려운 건 타인의 개입이 필연적이기 때문인 것 같아. 이 책에서도 이런 대사가 나와.

　"사람들은 자기 자신이 되도록 도무지 내버려두지 않습니다. 자기 자신이 되도록 놔두지 않는다고, 절대로 놔

두지 않아요!"(오르한 파묵, 이난아 역, 『검은 책 1』, 민음사, 2014, 261쪽)

"나는, 나는 나 자신이 되어야 해. 왜냐하면 나 자신이 되지 못하면 '그들이' 원하는 내가 될 것이고, 나는 그들이 원하는 그런 사람을 견뎌 낼 수 없으며, 그 견딜 수 없는 사람이 되느니 아무 것도 되지 않는 것이 더 나으니까."(같은 책, 258쪽)

숭배의 대상 혹은 내가 아닌 다른 사람이 되고자 하는 욕망과 오롯이 내 자신이 되고자 하는 욕망. 상반되어 있는 것 같으면서도 두 욕망은 따로 떼어 생각할 수 없는 동전의 양면 같아.

나는 학교에서는 교사로 존재하지만 학교 밖을 나오면 교사가 아닌 다른 존재가 되고 싶었어. 회사원으로 지내다가 슈트를 입으면 초능력을 가진 슈퍼히어로가 되는 영화 속 주인공처럼 다른 삶을 살아간다는 것은 활력이 돼. 그래서 내가 될 수 있는 다른 사람들을 만들어보기로 했어. 로맹 가리처럼 나의 취미는 이름 짓기였어. 이름을 바꾸면 다른 사람이 될 수 있을 것처럼. '몽로'였다가 '강소울'이었다가 '한여름'이었다가 '안로하'이었다가 그렇게 여러 개의 이름을 지어놓고 또 다른 '나'들을 만들어내는 거야. 교사일 때는 강진영이었다가 동화를 쓸 때는 몽로라는 사람으로 살고, 에세이를 쓸 때는 한여름이라는 사람으로 살고, 서퍼로 지내며 시를 쓸 때는 안로하로 살고. 이렇게 여러 개의 다른 사람을 만들어 내게 된 것은 시인 페르난두 페소아의 영향이 커. 그 작가를 알게 되었을 때 마치 영혼의 동반자를 만난 기분이었어. 최근 예능을 보니 부캐가 유행하고 있는데 부캐의 원조는─내가 아는 범위에서─바로 페르난두 페소아야!

1912년 작품을 발표한 페소아는 '이명Heteronym의 기원자'라고 불리는데 그는 여러 명의 이름을 짓고 그 이름들로 작품을 발표했어. 이명은 필명의 개념과는 다른데, 이명은 단지 이름만 지은 것이 아니라 각각의 이름들에 성격과 삶을 부여한 또 다른 인물을 만들어내는 거야.

'알베르투 카에이루'의 이름으로 기록된 첫 시를 발표하는데 그는 청초하고 맑고 전원적인 배경으로 시를 쓰는 인물이야. '리카르두 레이스'로도 시를 발표하는데 그는 고대 그리스 에피쿠로스의 영향을 받았고 형식미와 고전적인 미를 중요시하는 인물이야. '알바루 드 캄푸스'도 등장하는데 그는 모더니스트이고 기계예찬론자이며 미래주의적인 인물이야. 페소아는 자신이 만든 피조물에게 영향을 가장 많이 받았다고 말하며 여러 명의 타자를 살아낸 사람인 거야.

영원한 타자로 산다는 것은 어떤 것일까? "그 자리에

없던 사람은 나였다"라고 말할 정도로 타자의 삶을 살다가 페소아 자신은 지워져버리기까지 했다는데 타자와 나의 관계가 전복되어 버리는 것은 어떤 경험일까?

페소아의 시 〈나는 탈주자〉를 읽어줄게.

나는 탈주자

나는 탈주자,
태어나자마자
그들은 날 내 안에다 가뒀지,
아, 그러나 난 도망쳤어.

사람들이 만약
같은 장소를 지겨워한다면,
같은 존재는 어째서
지겨워하지 않는가?

내 영혼은 나를 찾아다니지만
나는 숨어서 피해 다닌다.
바라건대 그것이 절대
날 찾지 못하기를.

하나로 존재한다는 건 사슬.

나로 존재한다는 건, 존재하지 않는 것.

나는 도망치며 살겠지만

제대로 산다. (페르난두 페소아, 김한민 역, 『내가 얼마나 많은 영혼을 가졌는지』 문학과 지성사, 2018, 96~97쪽)

나는 같은 존재가 지겨워. 같은 존재로는 글을 쓸 수도 없어. 타인이 되어 타인의 삶을 살다 보면(유행어로 여러 개의 부캐로 살다 보면) 자신이 지워지고, 자신이 지워지면 아이러니하게도 자기 자신이 될 수 있을 것 같다는 생각을 해. "나로 존재한다는 건, 존재하지 않는 것"이라는 시구처럼.

외부의 시선은 우리가 교사라면 교사로서만 살기를 바라. 어떤 유치원 교사가 노래주점에서 나오는 것을 본 학부모가 어떻게 유치원 교사가 그런 곳에 갈 수 있냐며 항의 전화를 했다는 에피소드는 자주 있는 일은 아니지만 아직까지 우리 사회 인식 속에 그런 것이 남아 있다는 증거가 될 수는 있어. 바로 그런 왜곡된 타인의 시선은 자기 자신이 되지 못하도록 하는 것 중에 하나일 거야. 구설수에 오르고 싶지 않은 교사들은 철저하게 사생활을 숨기는 방법을 선택하기도 해.

반대로 나는 더 공개하고 싶었어. 교사의 일에 최선을

다 하고, 그 이후에는 시와 에세이를 쓰는 작가로서 팟캐
스트 방송도 하고 파도가 있는 날에는 파도를 타는 서퍼
로 또 다른 삶을 사는 타자라는 것을.

송이

몽로이자, 한여름이자, 안로하이기도
한 진영이에게

내가 지금 지내고 있는 학교 관사는 30년도 더 된 낡은 건물이라 추위에 유독 취약해. 다행히 난방시설이 잘 되어 있어서 따뜻하게 지내고 있어(다만 외풍이 심해서 누진세 폭탄은 각오해야 하지만 말이야). 워낙 추위를 타다 보니 관사에서 교실까지 1분도 채 안 되는 거리임에도 옷을 잔뜩 껴입고 출근을 하는 나인데, 반면 너는 겨울 바다를 누비며 파도를 타잖니. 추위라면 질색인 나에게 서퍼 '안로하'는 차가운 바다 위의 뜨거운 여름 같아. '몽로'의 동화와, '한여름'의 여행 에세이와 '안로하'의 시와 소설을 다 읽어본 나로서는 네 안의 인물들을 각각 인정하는 바야.

처음 너에게 이 책을 함께 쓰기 권했을 때도 사실 나는 교사 강진영에게만 권했던 것은 아니었어. 막 안로하의 소설을 읽고 난 직후였거든. 그때 나는 네가 보내주는 매주 한 편씩의 연재소설을 신청해서 구독하기 시작했었는데 이제 와서 하는 말이지만 적잖이 충격이었지. 너의 그 파격적인 '픽션이지만 논픽션스러운' 소설은 수위가 높아서 19세 미만 구독불가였잖아. 근데 하필 주인공 이름이 너랑 같았잖아. 허구인 것도 알고, 행여 허구가 아니라고 해도 이미 마흔이 된 성인으로서 전혀 놀라울 것도 없는 이야기긴 해. 하지만 나는 네 글을 내 방에 몰래 앉아 읽는 내내 혹시 뒤에 누가 오지는 않을까 하는 마음으로 두근거리며 읽었었단다(이런 걸 요즘 말로 '후방 주의'라고 하더라). 음, 마치 학창 시절에 교과서 안에 끼워서 몰래 읽던 로맨스 시리즈 같다고나 할까. 그때 깨달았어. '아, 나도 어쩔 수 없는 꼰대였구나!'

사실 이보다 더 수위가 높은 글과 영화를 내가 안 봤겠니(굳이 이런 말까지 할 필요는 없지만 나름 '마니아'란다). 좀 전에 분명 나는 너의 이명들을 인정한다고 했으면서, 은연중에는 나 역시 결국 너를 '교사'의 잣대로 바라보고 있었던 거야(미안). 어떤 유치원 교사가 노래주점에서 나오는 것을 본 학부모가 어떻게 유치원 교사가 그런 곳에 갈 수 있냐며 항의 전화를 했다는 일화처럼 말이지. 아직까지 우리 사회에 남아 있다던 그 외부의 시선들을 굳이 멀리서 찾지 않아도 될 것 같아. 부끄럽게도 여기에도 있으니까(저요!).

나 역시 소설을 쓰는 것에 여러 번 도전을 해봤었는데, 매번 중도에 포기했어. 그 어떤 허구의 글을 써도 누군가 '너의 이야기가 조금이라도 녹아들어 있겠지'라고 생각할까 봐 신경 쓰이고 두렵거든(아마 나는 평생 소설은 못 쓸 것 같다는 생각이 들어). 한계를 깨지 못한 나는 항상 너를 부러워하며 논픽션인 수필만 쓰고 있어. 그때 네 10회기 연재 글을 매주 기다리면서도 많은 생각을 했었어. 뜬금없지만 너와 내가 지금 누드비치에 있다고 가정한다면 말이지, 누드비치에서는 누드가 의무사항이라는데도 나는 쉽게 벗지 못한 채 주변 눈치만 볼 것 같거든. 그런데 너는 좀 다를 것 같아. 타인의 눈치를 보며 머뭇거리는 나와 달리 너는 이미 나체로 해변을 달려 바닷물 속으로 시원하게 뛰어들 것 같단 말이지. 대범한 너의 소설을 읽다가 한 번은 나도 모르게 마음속으로 '예스!'를 외치며 통쾌해하고 있더라. 절대 통쾌할 부분이 아니었음에도 말이야. 내가 가보지 못한 길을 소설 속의 네가 대신 가주었다고 해야 할까. 안로하는 그런 작가였어. 그 이유로 누군가의 시선도 아랑곳하지 않고 자기가 하고 싶은 말을 할 수 있는 안로하와 같이 글을 써보고 싶었어. 교사 강진영과 대범하고 섹시한 안로하와 수줍은 소녀 같은 몽로 강소울과 자유로운 영혼인 한여름과 함께 다양한 생각을 틀에 얽매이지 않고 자유롭게 나누고 싶었던 것 같아. 만약 네가 그 제안을 거절했다면 이책은 나올 수 없겠지. 내가 아는 교사들 중에서 이렇게 부캐에 대해 솔직하고 대범하면서도 본캐를 사랑하는 이를 찾기란 쉽지 않으니까 말이야.

나 역시 퇴근 이후에는 '교사 임송이'는 학교에 두고 오려고 노력하고 있어. 내일을 위해 교사 임송이는 잠시 스위치를 꺼두는 거야. 7년 전에 음원을 내기 위해 만들었던 '마이쏭'이라는 예명이 나의 또 다른 이름이야. 심지어 시가에서도 나는 '마이쏭'으로 불려. 신혼 초, 시가에서 삼계탕을 먹고 있었는데 시아버지가 자꾸 "맛있어~맛있어~" 하시길래, 속으로 '와, 맛있다를 연발하실 만큼 맛있으신가 보다' 했더니 알고 보니 '마이쏭' 나를 부르는 소리였던 거야. 마이쏭은 주변도 인정한 나의 부캐였어(그때 다짐했지. 시가 어른들도 헷갈리지 않도록 앞으로 예명은 바꾸지 말자고 말이야). 마이쏭은 글을 쓰고, 노래를 만들고, 기타를 쳐. 소심한 '특수교사 임송이'와 달리 조금은 대범한 성격의 '마이쏭'은 시가와 친정 식구들도 즐겨 찾는 내 블로그에 지난 연애담을 과감하게 적기도 하지.

요즘은 무엇이든 세계화하는 시대라고 하잖아? 나 같은 경우에는 몇 년 전부터 나의 부캐가 '학부모화'하는 시대가 되었어. 내 블로그나 유튜브를 알고 댓글을 남기시는 학부모님들이 점점 늘고 있거든. 얼굴을 공개하고 철저하게(?) 사생활을 오픈하다 보니 어쩌면 당연한 일이기도 해. 다행히 모두가 긍정적인 반응이셔(아직까지는 말이야). 아마도 블로그의 내 글을 읽으면서 교사 임송이외에도 인간 임송이를 느끼셨던 것 같아. 그래서 댓글로 구독자 인증을 해주시는 학부모님들을 두 팔 벌려

송이가 진영이에게

환영해드리고 있단다. 댓글로 학부모와 교사가 아닌 개인적인 이야기를 나눈다는 것은 '자녀의 선생님'이라는 것과 동시에 나를 '마이쏭'으로도 인정해준다는 뜻 같아서 말이야. 나의 사생활을 적나라하게 보이는 것에 대한 부담은 없냐고? 물론 있지. 학교에서 보여지는 진지한 모습과는 다른 블로그 안에서의 푼수기를 드러내는 것에는 많은 용기가 필요했지. 하지만 그것 또한 나의 본모습이니까, 그 모습 또한 긍정적으로 받아들여주시니 지금은 부담스러운 마음보다 고마운 마음이 더 많이 들긴 해. 가끔씩 SNS에 올리는 학급 이야기에 공감도 해주시고, 어떤 학부모님은 마이쏭의 팬으로서 내 공연을 보러 오시기도 하시니 교사로서 외부의 시선을 이겨내고 있는 좋은 예가 아닐까.

그런데 실은 비밀이 하나 있어. 겉으로는 이렇게 아무렇지 않게 말을 하고 있지만 사실 나는 백조처럼(물 아래에서 쉬지 않고) 엄청난 속도로 발을 움직이며 살아가는 중이야. 나도 당당하게 너처럼 나의 부캐를 공개하기 위해서 그만한 대가를 치르는 중인 거지. 부캐를 인정받기 위해서는 본캐인 교사라는 본업을 정말, 아니 더 잘해야 한다는 '책임 의식'을 항상 가지게 돼. 이건 마치 반대하는 부모에게 나의 꿈을 인정받기 위해 더 열심히 공부하는 것과 비슷한 것 같아. 처음에는 단지 교사의 직무를 소홀히 한다는 말을 듣고 싶지 않아서 오기로 더 노력했었어. 보여주기식이었다고 해도 과언은 아니었지. 하지만 지금은 달라. 때로는 부캐가 본캐에게도 좋은 영향을 주고 있거든. 특히 교사가 다양한 경험을 가지고 있다는 건 강점이 되기도 해. 진영이 너의 반 학생들도 교사 강진영과 공부를 하지만 때론 여행가 한여름, 동화 작가 몽로와 서퍼 안로하를 만날 수 있는 기회가 있잖아. 만약 내가 너희 반 학부모라면 나는 꽤 좋을 것 같아.

그래서 말이야, 나는 혹시 우리처럼 하나의 인격체를 다양하게 활용하고 싶은데 외부의 시선이 두려워서 걱정하는 동료교사들이 있다면 주저 없이 이렇게 말해주고 싶어. "뭘 망설여요! 해요! 일단 해봐요!"

물론 그에 따른 책임 역시 본인이 지는 것은 말할 것도 없지만 말이야(내 말이 너무 무책임하게 들리려나). 살아가면서 어떻게 항상 나를 이해해주고 사랑해주는 사람들만 골라서 만날 수 있겠니. 나는 아직 나의 부캐에 대해 반대하거나 비난하는 사람을 별로 안 만났을 뿐이지, 분명 지금 어디선가 나의 행보에 못마땅한 사람들도 여럿 있을 거야. 하지만 구더기 무서워서 장을 못 담그는 건 너무 억울하잖아. 나를 이해해주는 사람이 있으면

송이가 진영이에게

반대로 이해 못 해주는 사람도 있는 건 당연지사일 거야. 그 누군가에게도 스스로 떳떳하다면 무엇이든 해보는 것을 적극 권하고 응원해주고 싶어.

**교사들이여, 부케를 가져라!**

왠지 오른팔 치켜들고 외쳐야 할 것 같은 분위기가 되어버렸네.

진영　　　　교사가 교사일 때

학부모 구독자를 승인해드리는 일은 용기가 필요한 일인데 너도 좀더 용기를 내었구나! 블로그와 인스타그램, 유튜브 등 소통채널이 다양해지면서 학부모들도 교사의 사생활에 접근하기 쉬워졌는데 너의 학부모님들처럼 교사의 다양한 모습을 자연스럽게 받아들이는 분들이 많아졌으면 좋겠다.

송이야, 너희 학교는 요즘 어때? 온라인 수업으로 바뀌었다면 특수 학급에서는 온라인 수업을 어떻게 하고 있을지 걱정이다.

우리 학교는 코로나19 확산으로 긴급하게 휴업에 들어 갔고 지금 온라인 수업을 준비 중이야. 올해는 믿고 싶었어. 1학년은 온라인 수업 없이 등교 수업을 할 수 있을 거라고. 이제 막 입학해서 3월이 끝나기도 전에 너무 빨리 휴업을 하게 되었어. 작년에는 코로나19가 처음 등장하고 공포 속에 우리를 몰아넣었던 시기라 아무런 기대를 하지 않아서 버틸 수 있었어. 일 년이 지나면서 끝이 보였으면 하는 희망을 갖게 되고 코로나19 속에서도 저학년은 학교생활을 할 수 있기를 기대했기 때문인지 며칠 동안 마음이 좋지 않더라. 와르르 무너지는 느낌.

그렇다고 그 감정 안에만 있어선 안 되고 재빠르게 대

안을 마련해야 하는 것이 우리의 임무. 교과서와 학습 꾸러미는 어떻게 가져가게 할 것인지, 온라인 수업을 들을 수 있는 플랫폼은 무엇으로 해야 할지, 출석 체크는 어떤 방식으로 할지, 사태가 얼마나 지속될지 모르니 몇 주의 수업을 준비해서 안내해야 할지, 수업 영상 제작을 어떻게 분배할지 등…….

그나마 작년에 온라인 수업을 했던 경험이 있어서 결정을 내리는 데 도움이 되었고 각자가 잘할 수 있는 것들을 맡아서 제작에 들어갔지.

작년에 처음 온라인 수업을 하게 되었을 때 어떤 양육 책임자가 문의 전화를 했는데 첫 마디가 '쉬시는데 죄송하지만'이었어. 온라인 수업을 하면 교사들은 출근하지 않고 쉬는 줄 아는 거야. 이렇게 생각하는 사람들이 꽤 많았어. 한 교사가 만화로 온라인 수업 기간에 교사가 하는 일을 그린 그림이 트위터에서 퍼져나갈 정도로 우리는 우리가 어떤 일을 하고 있는지 보여줘야만 했어.

학교 밖에 있는 사람들에게 학생이 등교하지 않는 학교 안에서 교사들은 어떤 일을 하고 있는지 궁금하기도 할 거야. 학생들이 등교하던 시절에도 교사에게 가르치는 일뿐 아니라 수많은 업무가 있다는 것을 모르는 사람도 많아. 나도 교사가 되지 않았다면 몰랐을 거야.

진영이가 송이에게

신규 때 내가 놀랐던 것 중 하나가 학생들을 가르치고 있다가도 급한 공문이 내려오면 학생들에게 뭔가를 틀어주고 공문처리를 해야 했던 거였어. 작은 학교가 업무가 더 많다는 것도 그때 알았지. 작은 학교든 큰 학교든 업무량은 비슷한데 교사가 적은 작은 학교에서는 한 명의 교사가 많은 양의 업무를 할당받으니까. 업무가 너무 많아서 수업 연구를 할 시간도 없었어. 안 그래도 신규라서 학급 경영과 수업에 서툰데 업무에 대해서 배우고 처리하면 집에 돌아가서 그대로 쓰러져 잠들었어.

첫해에 발령받은 학교에서 맡은 업무는 도서관, 독서교육이었어. 지금은 사서선생님들이 도서관을 관리하지만 그때에는 담당교사가 도서 관리를 했어. 새 책을 사면 바코드 작업을 하고 대출 반납 업무까지! 게다가 시.군에서 큰 책 축제를 열어서 대형 책나무를 만들기까지 했는데 몇 날 며칠을 걸려서 완성했던 것이 기억나. 물론 수업에 충실하지 못했지.

두 번째로 발령받은 학교에서는 방과후 업무와 돌봄 업무(그때는 온종일 돌봄이 시작되던 해여서 밤 9시까지 돌봄을 했어)와 학습준비물 업무까지 한 사람이 맡기에는 너무나도 버거운 업무들을 도맡았지. 방과후 프로그램을 선택하고 예산에 맞게 프로그램 시간표를 짜고, 방과후 프로그램 강사들을 채용하고 방과후 교실을 준비하고, 강사료 기안을 작성해야 하고, 온종일 돌봄교실 선생님을 채용하고 간식 예산을 세우고, 돌봄교실 물품을 구입하고, 수없이 안내장을 만들고, 학습준비물 업체를 선정하고 각 선생님들에게 신청서를 받아 검수하고 신청하고…. 제 시간에 퇴근하지 못하는 날이 늘어갔지만 초과근무를 신청하기도 애매했지.

업무에 치여서 수업 준비를 제대로 못하고 수업이 엉망인 채로 끝나거나 무기력하게 진행될 때에는 스스로 자책하게 돼. 내가 귀 기울여야 하고 신경 써야 하는 학생들의 소리를 듣지 못하고 그냥 넘겨버리다가 사건이 벌어졌을 때, 그건 내게 과중한 업무를 맡긴 자들의 잘못이 아니라 교사의 잘못이 되어버려. 학생들에게 쏟아부어야 할 에너지를 다른 데 소진해버린 책임을 져야 하는 거야.

방과후 업무와 돌봄 업무를 하면서 느낀 것은 이런 업무들은 교사의 업무가 되어서도 안되고 학교에 맡겨서도 안된다는 거야. 지역사회에서 따로 전문인력을 갖추어서 운영해야 해. 이 문제는 따로 토론의 장을 마련해서 해결점을 찾아야 할 문제야.

잡업무가 줄어들면 교사들은 그 시간을 어떻게 사용할까? 어떤 사람들은 교사가 너무 편한 것 아니냐는 둥

'편한 직장'이라고 말을 해. 솔직히 얘기하면 내가 봐도 수업연구 시간을 다른 식으로 소비하는 교사도 있어. 그러나 그런 사람은 지극히 소수라는 거야. 어느 직장에서나 한 켠에 있는. 그런 일부를 전체로 보아서는 안 되잖아. 그런 사람들을 일하게 하기 위해 전체 교사를 위태롭게 해서도 안 되고. 나는 그런 교사들보다 어떻게 하면 더 재밌고 효과적으로 가르칠지를 고민하고, 학생들 개개인의 발달을 기록하느라 퇴근 시간도 잊고 일하는 교사를 더 많이 보아왔어. 내 생각은 잡업무가 줄어들면 교사들은 그 시간을 본업에 더 충실하게 사용한다는 거야. 학생들을 돌아보며 한 명 한 명에게 관심을 더 가질 수 있게 되고, 수업 연구를 하며 다양한 교구를 만들 수 있고, 학부모에게 더 자세한 안내를 하고 상담을 할 수 있게 돼.

작년에 코로나19로 급작스럽게 교육 시스템에 변화가 요구되었는데 전례가 없었기 때문에 모두가 혼란스러운 상황이었어. 3월 새 학기 개학이 미뤄지면서 더이상 미룰 수 없게 되자 온라인 개학을 시행하게 되었어. 고학년들은 정보기기를 다룰 수 있을 테지만 1, 2학년들은 양육 책임자의 지속적인 도움을 받아야 하는 상황이었어. 양육 책임자가 출근으로 자녀를 돌보지 못하는 가

정도 있어서 학교에서는 '긴급돌봄'이라는 명칭으로 돌봄 학생들을 수용했어.

'긴급돌봄'은 '돌봄'이 아니라는 이유로 돌봄전담사들은 돌봄을 거부했는데, 여러 학교에서 '긴급돌봄'을 교사들에게 맡기기도 했지. 긴급돌봄을 신청한 학생들이 오전 9시까지 등교하면 교사는 그때부터 이들을 돌봐야 하는 거야. 긴급돌봄 학생들을 돌보아야 하는 교사들은 온라인 수업을 준비하고 관리할 수가 없어. 그럼 수업의 질은 당연히 떨어질 수밖에 없을 거야. 다른 학생들한테 피해가 갈 수밖에 없는 거지. 다행히 우리 학교에서는 긴급돌봄을 담임교사가 맡게 하지 않으려고 애썼어. 그래서 담임교사들은 온라인 수업 콘텐츠를 만들며 비대면으로도 좋은 수업을 제공하기 위해 최선을 다할 시간을 확보할 수 있었지. 그것이 교사의 일이기도 하고. 나는 그 당연한 일을 할 수 있었음을 감사히 여기고 있어.

올해 또다시 시작된 온라인 수업으로 우리는 며칠 동안 수업 영상을 촬영하고 영상을 편집하고, 실시간 수업이 가능할 지 줌 사용법을 연수 받고, 밴드 활용법을 연구하고, 학습꾸러미를 만들고, 온라인 수업 안내문을 공지했어. 작년에는 출석 체크를 학생들이 스스로 출석체

크란에 클릭하는 것과 전화 상담으로 했지만 이번에는 영상 통화로 하기로 했어.

온라인 수업 1교시가 시작되기 20분 전에 우리 반 학생들을 단체 전화채팅방으로 초대를 하고 전화를 걸어. 카메라 체질도 아니고 이런 경험은 처음이라 어색한 표정으로 학생들이 들어오길 기다려. 우리 반 스물세 명이 영상 출석 체크에 성공하길 바라는 마음으로. 화면에는 학생들 얼굴이 한 칸 한 칸 뜨기 시작해. 집이라서 내복을 그대로 입고 있는 학생도 있고 교과서를 다 준비하고 앉은 모습이 보이는 학생도 있고 어린 동생이 깜짝 등장하는 화면도 있어.

"안녕하세요?" 하면 학생들이 동시에 "안녕하세요?"; "안녕?"하며 손을 흔들어.

"잘 보여요? 잘 들려요?" 하고 확인을 하면 "네!" 하고 대답해. 얼굴이 보이는 학생들 이름을 한 번씩 부르며 출석 체크를 하지.

어색해하는 학생도 있고 카메라를 멀뚱히 쳐다보는 학생도 있고 "친구들과 인사해야지" 하고 말을 잘해보라고 옆에서 지도하는 어른 목소리도 들려. 먼저 들어온 학생들은 수업 안내를 듣고 인사를 하고 나가고 다시 방은 텅 비어. 아직 들어오지 않은 학생을 기다리면 또 한두 명 씩 들어와. 정해진 시간에 모두가 들어와 모두가 인사하는 일은 끝날 때까지 성공하지 못했어. 그래도 서로의 얼굴을 보며 아침 인사를 하고 등교하는 기분을 느끼고 각자가 온라인 수업을 준비하며 하루를 시작해. 이런 수업 풍경은 상상해본 적이 없는데 미래 사회의 한 모습이 이렇게 현실이 되어 있네?

어떤 교사는 급작스러운 변화에 적응하기 힘들어서 휴직과 퇴직을 결심하고, 극심한 스트레스로 병을 얻기도 했어. 온라인 수업 중에 '교사들은 꿀이네', 혹은 '교사들은 편하지' 같은 발언과 인식에 충격을 받기도 했어.


학생들이 없는 텅 빈 교실을 바라봐. 나는 텅 빈 교실을 좋아했어. 그건 학생들이 등교해서 북적북적하게 부대끼다가 수업이 끝났다는 소리에 신나게 인사하고 우루루 나가버린 텅 빈 교실을 좋아했던 거야. 학생들이 오지 않는 텅 빈 교실이 아니라.

학생들이 없는 교실에서 업무를 처리하면서 교사인 내가 교사일 수 있을 때를 생각해. 온라인 수업 영상을 찍는 것은 많은 것이 결핍되어 있어. 온라인 수업은 우리가 지식만 전달하는 교사가 아니었던 것이고 우리 학생들이 초등학교에서 배워야 하는 것이 한글과 연산만이 아니었다는 것을 일깨워줬어.

카메라를 거치대에 올려두고 텅 빈 교실에서 수업 녹

화를 시작해. 익숙해지고 싶지 않은 풍경이야.

송이

편한(?) 직장이
불편한 우리들

안녕, 진영아. 원래 네 글을 받고 나면 신이 나서 바로 답장을 썼었는데, 이번에는 며칠이 지나서야 겨우 글을 시작하고 있어. 지난번 네 글은 소심한 나에게는 다소 힘들고 정곡을 찌르는 주제였거든.

똑 부러지게 교사의 현실에 대해 적은 네 글을 읽으면서 나는 가려운 곳을 시원하게 긁어주는 것 같은 공감을 느꼈지만, 정작 나는 계속 글을 쓰고 지우고를 며칠째 반복하고 있는 중이야. 그렇게 쓸 말이 없을 정도로 교사의 근무 현실에 불만이 없냐? 설마… 그럴 리가. '대체 왜 그럴까?'하고 곰곰이 생각해 봤는데 너의 마지막 글에서 답을 찾았어. '편한 직장'.

그래, 그거야. 그거 때문이었어. 마치 내 목구멍에 가시처럼 걸려 있는 그 단어 말이야.


교사가 되고 연차와 연봉이 올라가면서 내가 가장 잘하는 것이 뭔 줄 아니? 바로 나 스스로를 마치 조련하듯 제어하는 일이야. 직장 내 억울한 일이나 불편한 일이 생겼을 때 내가 해결할 수 없는 일이라면 기억상실에 걸린 것처럼 신속하게 잊어버리는 거지. 그렇게라도 하지 않으면 속상하고 분한 마음에 수업과 업무에 집중을 할 수가 없거든. 남들 앞에서 조리 있게 생각을 표현하지 못하는 나로서는 나름의 처방 같은 것이라고 생각했었어. 점점 호봉이 올라가면서부터는 입을 막고, 귀만 열고 조용히 살게 된 것 같아. 예민하지 않은 척, 둥글둥글한 척, 나서지 않고 나대지 않고 무채색을 지닌 사람처럼 보이기 위해 최선을 다했었지. 하지만 그건 어디까지나 '척'이지 진짜 내 본심은 아니었어. 나는 전혀 둥글둥글하지 않거든. 아닌 척, 괜찮은 척, 아무렇지도 않은 척 웃고 지내다 보니 점점 내 안에 분노가 쌓이기 시작하더라. 작은 일에도 눈치를 보고, 참는 것이 반복될수록 피해의식이 생기더라고. 점점 겉과 속이 다른 사람이 되어가는 것만 같아 무섭기까지 했어.

물론, 처음부터 그랬던 건 아니었지. 정의를 위해 울분을 토할 수 있는, 나름 내 자신을 호기롭다 생각했던 시절도 있었으니까.

나는 내가 교사이기 이전에 직장인이라고 생각했었어. 나 역시 직장에서 일어나는 잘못된 관습에 대해 이의를 제기할 수 있는 월급쟁이 직장인 중의 한 명이라고 생각했는데, 외부에서 교사를 보는 시선은 그렇지가 않더라. 교권에 관한 기사를 읽을 때면 댓글에 빠짐없이 등장하는 말이 '그럼에도 편한 직장'이거든. 심지어 주변 어른들도 '편한 직장에 다니니 그래도 좋지 않나'라는 말을 하시기도 하니까. 와…. 정말 다들 그렇게 생각하긴 하나봐. 그러니 우리가 그 어떤 말을 해도 징징대는 걸로, '배부른 소리'로만 치부해버리니 대체 무슨 말을 어떻게 할 수 있겠니. 안 그래도 소심한 나는 더욱 그래. 교사의 현실을 꼬집고 싶어도 되려 내가 꼬집힐까봐 겁이 나서 그냥 꾹 참고 순응하며 살아가는 게 이미 몸에 밴 것 같아.

언젠가 인터넷에서 떠도는 성격 심리 검사를 한 적이 있었는데 거기서 나의 성격에 대해 '이기적인 평화주의자'라고 하더라. 그 표현이 딱 맞는 것 같지 않니? 나는 내가 상처 받지 않기 위해 모든 일에 신경을 끄고 내 일이나 열심히 하자는 주의였던 거야. 나 같은 교사들이 많아지면 당장은 표면적으로 불만 없이 교육이 잘 돌아가는 것처럼 보이겠지만, 내면적으로는 교직사회는 변화는커녕 악습이 반복될 거야. 안 그래도 위태로운 교권은 결국 곪아 터지게 되겠지. 그렇게 되면 학교뿐만 아니라 결국에는 교육 자체가 무너질 텐데 어휴, 생각만 해도 너무 무서운 일이다.

그래서 말인데, 진영아. 너무 늦은 감이 없지 않지만 나는 지금부터라도 더이상 비겁하게 살지 않기로 했어. 물론 선두에 나가서 깃발을 들고 앞장설 위인은 여전히 못 돼. 하지만 적어도 뒤에라도 서서 작은 돌멩이라도 주워서 아주 미약한 파동일지라도 일으켜볼 수 있는 사람은 될 수 있지 않을까…. '특수교사'에 관한 유튜브 채널을 개설한 것도 그런 이유였지. 블로그를 하다 보면 내가 특수교사인 것을 아는 특수 꿈나무들로부터 꽤 많은 질문을 받게 돼. 하나같이 '물어볼 곳이 없어서'라고 시작하는데 정말 내가 찾아봐도 차고 넘친다는 정보의 바닷속에 정작 특수교사에 관한 정보는 그리 많지 않더라고. 그렇게 시작한 유튜브는 막상 해보니 생각보다 쉽지 않아. 보는 이에 비해 시간과 정성이 많이 들어가는 일이야. 특수교사에 관한 채널은 특정 직업에 대한 것이라 보는 사람이 그리 많지는 않거든. 하지만 그 덕에 특수교육을 알아가는 데 도움이 많이 된다는 특수 꿈나무들이 늘어나고 있어. 가끔은 악플로 한동안 듣지 못했던 '편한

송이가 진영이에게

직장'이라는 그 단어 역시 다시 듣고 있기는 하지만 말이야(이 단어는 들을 때마다 난 반대로 너무 불편한 거 있지). 굳이 듣지 않아도 될 좋지 않은 말을 듣고, 개인 시간을 쪼개가면서까지 특수교사에 관한 영상을 꾸준히 올리는 이유는 우리 같은 (구)특수교사들이 겪은 외로움을 (신)특수교사들은 덜 겪었으면 하는 마음이랄까. 힘들어하는 특수교사들에게 '당신과 같은 특수교사가 여기 또 있어요. 외로워하지 마세요' 하고 신호를 보내는 것처럼 말이지. 특수교사에게 일반학교의 특수학급은 꽤 외로운 직장이야. 마치 다른 별 외계인이 또 다른 별로 파견 근무 온 것 같다고나 할까. 같은 외계인들이지만 다들 눈이 세 개인데 나만 눈이 한 개인 외계인인 것처럼 우리는 일반교사들 사이에서 또 다른 교사로 살아가고 있거든. 좀더 신랄하게 말하자면 '혼외 자식' 같아. 서자 홍길동이 호부 호형을 하지 못했던 것처럼, 특수교사도 담임교사임에도 불구하고 애매한 대접을 받을 때도 있으니 말이야.

그러다 보니 '팔은 안으로 굽는다', '가재는 게 편이다'라는 속담이 절로 떠오를 만한 일들이 '초등특수교사'를 하다 보면 종종 일어나게 돼. 그중 가장 대표적인 일이 바로 성과급 제도야. 동료 평가에 의한 성과급은 마치 살아남기 위해 누군가를 제거해야만 하는 서바이벌

게임 같아. 일반교사들 역시 이 제도를 반대하고 있기는 하지만, 아무리 노력해도 신분을 바꿀 수 없는 계급 제도처럼 성과급 제도는 특수교사를 외롭게 하지. 특수교사가 한 명뿐인 일반 초등학교에서는 이런 상황을 공감받지 못해 더 그럴 거야. 예전에는 성과급 기간만 되면 낙오자가 된 것 같은 기분에 속이 상해서 차라리 나도 재수라도 해서 교대를 갔어야 했나 하는 생각도 했었어.

지금도 여전히 성과급 기간이 돌아오면 속이 상할 때가 많아. 그럴 때면 나는 직장을 통해 배운 능력(?)을 발휘해. 아까도 말했듯이 나에게는 기억상실증처럼 빠르게 나쁜 기억을 지우는 능력이 있는데 연봉이 올라갈수록 그 능력이 점점 강해지고 있거든. 이렇게 해서라도 빨리 잊고 싶은 이유는, 그런 일로 헹어 내가 좋아하는 동료들을 불신하게 되거나, 특수교사가 된 것을 후회할까 봐. 서운한 일도 있지만, 사실 특수교사로 일반교사들과 함께 일하면서 좋았던 점이 훨씬 더 많았고, 지금도 그렇거든.

물론 예전에 비해 점점 더 특수교사에 대한 처우가 좋아지고 있기는 해. 그리고 특수교육에 목소리를 낼 수 있는 특수교사들이 많아지고 있어. 앞으로 예전의 나처럼(?) 수수방관하던 특수교사들이 한 발 나서서 제 목소리를 내어준다면, 특수교사의 교육 환경도 점점 더 좋아지겠지? 일단 나부터도 노력을 해야겠지만, 좋아질 거라 믿어!

진영　　　　　　잘못 조립한 서랍장

주문한 서랍장이 도착했어. 거실을 이국적 분위기로 만들고 싶어서 라탄 서랍장을 들였지. 내가 고른 라탄 서랍장은 조립식이야. 조립에 자신은 없지만 다른 선택 지를 찾지 못해서 큰 맘 먹고 주문했는데, 바로 그 서랍 장이 드디어 도착한 거야. 일단 설명서를 펼쳐 들고 조 립 순서도를 한참 바라보았어. 설명서대로 차근차근 맞 추면 되겠지, 다른 사람들도 다 하는 건데 나라고 못하 겠어, 하는 마음으로 네 칸 짜리 서랍장의 밑판부터 조 립하기 시작했어. 아래 판과 옆 판과 중간 판과 위 판을 모두 조립하는 데 성공했어. 이제 슬라이드식 문 네 짝 만 달면 되는데, 문을 끼워 넣을 홈이 위쪽에 하나만 있 는 거야. 홈이 두 개 있어야 문을 밀어 넣을 수 있는데…. 자세히 보니 홈 하나가 아래쪽에 가 있는 거야! 가운데 판을 뒤집어서 조립한 거지. 흠. 드라이버를 내려놓고 커피를 끓였어. 기껏 조립해놓은 걸 분해해서 다시 조립 해야 하는데 그럴 힘이 남아 있지 않았어. 그냥 그대로 두고 이렇게 키보드를 두드리고 있어. 이 저녁, 서랍장 조립에는 실패했지만 글은 쓸 수 있다고 위로하면서.

이 서랍장은 얼마 전에 받은 성과상여금(이하 성과금) 으로 산 거야. 성과금을 받으면 해외 비행기 티켓을 예 매하곤 했는데 코로나19로 집콕 생활을 해야 하는 생활 패턴에 맞춰서 서랍장과 테이블을 사기로 했지. 성과금을 모으지 않는 것은 내 경제 습관과도 연관이 있겠지만 성과금을 대하는 내 태도가 반영된 것이기도 해. 시나 에세이를 쓰고 받은 원고료는 원고료만 입금받는 통장에 소중하게 모아두지만 성과금은 그리 마음 편한 돈이 아니라서 탕진해버리고 싶어.

교사들은 성과금 제도의 불합리함을 알고 있어. 애초에 서로 다른 영역인 특수교사, 영양교사, 보건교사, 일반교사를 하나로 묶어 업무의 경중을 따지고 등급을 매기는 것 자체가 불합리하지. 어려운 업무를 맡아서 일을 잘 처리한다고 해서 담임으로서 반 학생들에게 열정을 쏟아붓는 선생님보다 더 높은 등급을 받는 것이 과연 옳은 일일까? 교사들에게 등급을 매기겠다는 발상은 옳은 일일까?(그런 업무에 치여서 학생들 지도는 잘 못하더라도 그 업무를 처리했다는 것으로 S등급을 받는 것은 교육을 위한 일일까?)

성과급의 기준안을 조정하기 위한 회의에 참석하면 난감하기도 하고, 얼굴을 붉히는 일도 있고, 어이없기도 해. 일반적으로 1학년과 6학년 담임에게 1점 높은 점수를 주기도 하는데 이것은 일반적인 기준일 뿐이야. 가르치기 수월한 학년이 있고 어려운 학년이 있다고는 하지만 학생들은 일반적인 틀에 박혀 있지 않아. 비교적 수월하다고 알려진 3, 4학년이라도 1학년보다 더 에너지를 쏟아부어야 하는 학생들을 만나게 될 수도 있어. 특수한 상황은 학교 현장에서 늘 펼쳐지고 있는데 성과급제는 그런 부분을 반영하지 못해. 한번은 학교의 친화회장이 가산점을 받은 적이 있어. 내가 경험한 중 가장 어이없는 성과급 기준이었지. 친화회라는 것은 학교의 결집 문화에 이바지하는 모임이지. 하지만 그런 친화회를 원치 않는 교직원도 있고, 그런 사람들에게 참석을 강요하지는 못해. 그런데 회장직을 맡은 사람에게 성과급의 가산점이라니! 이런 기준안을 채택하려는 회의에서 이에 반대하는 교사들은 투쟁모드로 들어가야 하는데 어째서 이런 일로 교사들을 투쟁하게 만드는 건지…. 이보다 더 맹렬하게 투쟁해야 하는 일들이 우리 삶에 얼마나 많은데….

  일 년 동안 각자 맡은 업무와 학년을 위해 최선을 다해온 교사들은 이런 불합리한 제도에 의해 등급이 매겨지는 것을 싫어해. 성과급을 공평하게 재분배하자는 데는 동의하지. 특히 S등급을 받는 교사들 대부분이 재분배에 동의해. 그런데 최근에 서울의 한 고교에서 교사들끼리 성과금을 공평하게 나누었는데 그게 교육부 교원소청심사위원회에서 징계 사유로 인정되었다지. 마치 전교조에서 강압적으로 성과금을 나누게 만든 것인 양

기사가 났더라. 성과급제 무력화를 방지하려고 그런 조치를 내렸다는데 어찌나 웃음이 나던지. 성과급제가 무슨 힘이 있었는데? 교원 간 위화감 조성의 힘? 사기저하? 불합리함에 순응하는 교사들을 기르는 힘?

내가 신규였을 때 많은 업무를 떠맡고도 신규라는 이유로 성과급은 B였어. 4년 차 경력이 되었을 때 교감은 교실에 있는 화분을 잘 키우면 S등급을 받게 해주겠다는 황당한 권력을 남용하기도 했지. 성과급제의 부당한 경험에 대해서는 모든 교사가 할 말이 많을 거야.

성과금이라는 단돈 몇 푼으로 교사들의 등급을 매기면서 교사에게 정작 중요한 일인 생활지도, 상담, 인성교육, 학습지도 같은 당장 눈에 보이지 않는 일을 등한시하도록 만드는 이 제도는 이째서 없어지지 않는 걸까? 잘못 조립한 서랍장은 분해해서 다시 짜 맞춰야 제 기능을 할 수 있다는 것은 누구나 알고 있는데. 그 누구도 잘못 짜 맞춘 서랍장을 그대로 두고 불편하게 문짝 없는 서랍장으로 사용하지는 않잖아.

해마다 폐지 청원이 올라오지만 교육부는 이 성과급제를 뜯어고칠 생각을 하지 않아. 교사들이 왜 보직교사를 기피하는지에 대해 분석하고, 업무가 한 사람에게 몰리는 것을 막는 방안 같은 근본적인 해결책을 마련하지 않아(성과급으로 등급을 매겨 보직교사에게 성과금을 많이 지

진영이가 송이에게

급하는 대신 차라리 보직교사 수당을 더 올려 책정하는 것이 바람직해 보여). 게다가 그 성과금 예산은 교사들의 월급에서 떼어둔 것이라지?

올해도 성과금이 나왔어. 내 월급에서 떼어둔 돈을 대신 적금해주고 옛다 하며 선심 쓰듯 주는 것을 받는 느낌이야. 나는 A 등급. 부장은 아니지만 1학년 담임이었기 때문에 B가 아니라 A. S가 아니라 A. 하지만 B를 받았던 해보다 올해 더 잘했다고는 생각하지 않아.

성과금이 일년 동안 고생한 내게 주어진 보상이라면 함께 고생한 동료들과 즐겁게 누릴 수 있는 것이었으면 좋겠어. 내가 더 받아서 미안하지 않았으면 좋겠고 누구보다 열정을 다했는데 성과금 못 받은 걸로 다른 동료교사보다 모자랐다고 여겨지지 않으면 좋겠어.

내일은 퇴근하는 길에 고무 망치를 하나 사들고 갈 거야. 분해를 하려면 고무 망치가 필요해. 신나게 두들겨야지. 나무판에 금이 가거니 부러지게 될 수도 있어. 어쩌겠어. 이대로는 서랍장이 아닌데. 이 서랍장의 완성은 라탄으로 짜여진 문짝인데. 부서지게 되더라도 분해해서 다시 조립하는 시도를 해야겠고 부서지게 되면 버려야지. 다시 장만해야지. 다음 월급날을 기다리면서.

송이

'오늘을 살자'와

'내일모레까지 살자'

조립하다가 부서지면 버려야겠다는 라탄 서랍장 말이야. 우리가 만약 근처에 살았었다면 나는 분명 네가 버린 라탄 서랍장을 주워왔을 수도 있겠구나 하는 생각에 나도 모르게 글을 쓰다 헌웃(현실웃음)이 터져버렸어. 우리가 이렇게 글을 주고받게 된 것도, 이렇게 확연히 다른 우리 둘의 모습에서부터였잖아. 나는 너를 통해 내가 경험하지 못했던 반대의 성향의 삶을 경험하고, 느끼고 있어. 마치 어릴 때 즐겨보았던 '인생극장'이라는 TV 프로그램처럼 말이야. 주인공이 선택의 기로에 서게 되었을 때 "그래! 결심했어!"를 외치며 각각의 선택한 삶에 대한 결말을 볼 수 있었잖아. 나는 내가 선택하지 않은 삶을 가진 너를 통해 대리만족하고 있단다(그래서 진영아, 난 네가 좋아). 앞으로 차차 하나씩 그 재미있는 비교를 해보겠지만 일단 우리는 경제관념에서부터 극과 극을 이루잖니. 저번에 메신저로 이런저런 이야기를 나누면서 우리가 붙여준 각자의 별명이 너는 '오늘을 살자'였고, 나는 '내일모레까지 살자'였는데 어쩜 그리 찰떡 같은지!

　　'내일모레까지 살자'주의인 나는 항상 미래를 생각하고 걱정하며 사는 성격이야. 이건 어린 시절의 가난에서 비롯된 습관인 것 같아. 당장 내일 급하게 돈이 필요하지는 않을까 하는 불안함 때문에 소비보다는 저금부터 하게 되었는데, 이것이 습관처럼 이어지고 있는 것 같아. 주식, 사업, 투자는 꿈도 꾸지 않을뿐더러 미래를 위해 실비보험까지 꼼꼼히 챙겨 넣고 사는 '안정 제일주의'인 내 인생에서 급하게 돈이 필요했던 적은 없었어. 그럼에도 나는 항상 내일을 염려한단다. 정말 내일 당장 급한 돈이 필요하면 어떻게 하지? 당장 백만 원이 없어서 생명이 위급해진다거나 뭐 그런 일이 생기면 어떡하지? (사실 가난에서 온 습관도 있지만, 드라마나 영화에 몰입을 심하게 하는 것도 염려증의 원인인 것 같기도 해.) 생활이 어느 정도 안정된 요즘도 나는 목돈이 생기면 쉽게 쓰지 못하고 일단은 내일을 위해 모아두게 돼. 내일을 위해 오늘의 기쁨을 참는 일이 다반사지. 아마도 나는 절제에 특화된 것 같아.

그런 나와 달리 너는 '오늘을 살자' 주의잖아. 현재 자신의 행복을 가장 중시하고 소비하는 태도를 뜻하는 요즘 말로 '욜로'라고도 하지. 미래를 위해 현재를 희생하기보다는 현재를 즐기는 네 모습에서 나는 내가 가지지 못한 것에 대한 희열을 느끼곤 한단다. '그럼 너도 그렇게 하면 되잖아?'라고 생각하겠지만, 물론 나도 그런 생각을 안 해본 것은 아니야.

송이가 진영이에게

대학교를 졸업하고 가계 빚과 학자금 대출금을 다 갚는 데 꼬박 10년이 걸렸어. 물론 빚만 갚은 건 아니고, 그 사이 대학원 공부도 했지. 나름 하고 싶은 것들을 즐기며 살긴 했지만, 나의 취미 활동의 대부분은 돈보다는 시간과 노력이 드는 것들이었어. 그렇게 10년 동안 열심히 모아 모든 빚을 청산하고 나면, 나도 현재를 즐기며 사는 날이 올 줄 알았어. 그런데 웬걸, 이제는 내일이 아니라 내일모레까지 생각하며 살고 있는 거 있지! 나에게 해외여행을 갈 수 있는 돈이 주어진다면 아마 공항이 아니라 은행에 저금을 하러 뛰어가고 있을 게 분명해. 지구가 멸망해도 아마 난 한 개의 적금 통장을 개설하고 있을 것 같아. 나에게 절약은 이제 중독이야. 그럼에도 한 가지 다행인 점은, 어릴 때는 빚을 갚기 위한 절약들이 이제는 그 어떤 게임보다도 더 재미있는 놀이가 되어 가고 있다는 거야. 절약이 괴로운 일이 아니라는 점에서 다행이라 생각해.

　그 덕에 빚을 청산하고 난 후, 부모님 아파트 한 채를 사 드렸고, 최근에는 내 이름으로 된 아파트도 살 수 있게 되었어. 이렇게 말하면 남들은 교사 월급이 엄청 많은 줄 알겠지만, 교사가 되고 세금을 떼고 받았던 첫 월급이 180만 원이었다고 말하면 다들 '에게, 겨우?'라고 답하더라. 연차가 올라갈수록 월급이 몇 만 원씩 차근차근 오르기는 하지만, 비슷한 연차의 직장 친구들의 말을 들어보면 교사의 월급이 절대 남들이 생각하는 정도로 많은 것도 아닌 것 같아. 그래서 가끔 모르는 사람들이 교사들은 쉽게 일하는데 돈도 많이 벌어서 호의호식한 다는 말을 할 때마다 괜히 억울해지더라고. 누군가 '교사(공무원) 월급은 남에게 손 벌리지 않을 정도로 벌지만 그렇다고 누군가에게 빌려주지는 못할 정도'라고 말했는데 딱 그 말이 맞는 것 같아. 그래도 평생을 자영업자로 살아온 엄마는 내가 대기업에 취직하기보다 교사가 되기를 원하셨어. 매달 100만 원이라도 따박따박 들어오는 돈이 좋은 거라고 하셨는데, 살아 보니 정말 그렇더라. 특히 이렇게 불안이 많은 나 같은 사람에게는 더욱더 말이지. 안정적인 월급 덕분에 뼛속 깊이 스며든 나의 '미래의 불안함'이 어느 정도 진정될 수 있었던 건 사실이야. 매달 17일마다 늦지 않고 주는 월급으로 나는 이번 달에도 대출금도 갚을 수 있었고, 생활비도 내고, 양가 부모님들에게 용돈도 보내드릴 수 있었어. 그렇게 월급을 나눠서 이리저리 떼어주고 나면 나에게는 딱 30만 원 정도가 남는단다. 어쩌면 이 돈이 나의 진짜 월급일지도 몰라. 그럼 나는 이 돈으로 한 달 동안을 신나게 펑펑 쓰면서 살지. 몇 년 전부터는 미니멀리즘에 심취해서 집에 있는 짐들과 옷도 다 정리해버린 터라 딱히 살 것도 사고 싶은 것도 없어졌거든. 퇴근 후 카페에 들려서 3천 원짜리 커피를 사 먹는 일과 가끔 만 원짜리 티셔츠나 기분 전환으로 3천 원짜리 싸구려 귀걸이를 사는 것이 전부란다. 내가 좋아하는 사람들을 위해 맛있는 식사를 사주기도 하는데 그렇게 해도 한 달에 30만 원이면 충분하다 못해 남을 때도 있어. 그러면 그 남은 돈만 모아 적금을 하나 더 드는 거지.

요즘 '파이어족'이라는 신조어가 있던데, 경제적 자립을 통해 빠른 시기에 은퇴하려는 사람들을 뜻하는 말이래. 그런데 나는 파이어족은 아니야. 은퇴를 빨리 하고 싶지 않거든. 오히려 평교사로 정년퇴직하는 것이 목표인걸. 단, 한 가지 스스로 약속한 것은 있어. 만약 내가 정년퇴직을 하기 전에 아이들이 귀찮아져서 짜증이 솟구치고 이 일이 하기 싫어진다면 손가락을 빨고 사는 한이 있어도 가차 없이 퇴직을 할 거라고 말이야. 적어도 '월급 루팡'은 되지 않겠다는 것이 나의 마지막 자존심인 거지, 뭐. 자의든 타의든 결국 우리도 퇴직하는 날이 오긴 하겠지. 그런데 100세 인생이라는 요즘 시대에 정년 퇴임이 60세라니, 60세는 너무 젊은 것 같지 않니? 그 후에 다시 새로운 직업을 얻어야 할 것 같은데 진영이 너는 어떤 직업을 가지고 싶어? 요즘 나는 학생 때

장래희망을 생각하던 것처럼 퇴직 후 내가 어떤 일을 해야 할지 생각 중이야. 내가 내일 당장 죽을 수도 있는데 2045년에 있을 정년퇴임을 벌써부터 생각을 하고 있다니 어휴, 내가 생각해도 나 정말 심각한 것 같다.

그런 생각을 하다가 문득 너를 보면 너는 현재를 참 열정적으로 살아가고 있는 것 같아. 그래서 난 항상 너를 보며 다짐하지. 미래도 중요하지만, 현실을 즐길 줄도 아는 사람이 되어야겠다고 말이야. 이런 다짐들을 글로 쓰면 참 쉬울 것 같아 보이는데, 현실은 또 안 그래. 이미 고집이 세질대로 세진 마흔의 나의 생활은 쉽게 변하지 않는 것 같아. 너의 '오늘을 살자'와 나의 '내일모레도 살자'를 적절히 살 수 있으면 참 좋을 텐데 말이다.

이제라도 내일 걱정은 접어두려고 해. 일을 미루는 것에 대한 불안함이 강박적으로 남아 있다 보니, 항상 마음이 바빴거든(바쁘다고 일을 잘하는 것도 아니었고). 할 일을 메모지에 적어두고 줄을 그어가면서 빠짐없이 하려고 하다 보니 주어진 휴식 시간도 제대로 못 즐길 때가 많았던 것 같아. 휴식 대신 내일 일을 미리 해놓아야 할 것 같은 생각이 들어서 말이야.

이제부터라도 오늘을 살기 위한 연습을 시작하겠어. 일단 당장 시원한 맥주와 함께 치킨을 한 마리 뜯겠어.

송이가 진영이에게

오늘의 치킨을 내일로 미루지 말아야지. 가끔은 아무것도 하지 않고 드라마나 실컷 봐야지. 내일의 걱정은 내일의 나에게 맡기고 오늘의 나는 최선을 다해 오늘을 살아보도록 노력해봐야겠다! 당장은 어렵겠지만 말이야.

진영

월급은 하늘길에 뿌리고

방랑

오늘만 살 줄 알고 '오늘만 살자'로 살고 있었는데, 내일까지도 살고 있어서 나도 곧 '내일모레까지 살자'로 미래를 준비해야 할 것 같아(식은 땀, 웃음).

급작스러운 죽음으로 소중한 사람을 잃어본 경험도 아직은 없고, 크게 아팠던 적이 있던 것도 아닌데 오래전부터 죽음이 친구처럼 느껴져. 내일 당장 죽을 수도 있다는 생각에 강렬하게 사로잡힌 적이 있어. 알 수 없는 미래를 준비하며 지금을 참고 견디는 것보다 지금을 위해 살고 싶다는 생각으로 살아왔는데 어쩌면 그것은 내가 미래에 대한 두려움이 덜한 '선천적 낙천주의자'이기 때문일 거야. 대학을 졸업하는 4학년이 되면 대부분의 학생들은 취업을 걱정하잖아. 나는 국문과를 졸업하는 순간에도 무엇으로 벌어먹고 살아야 할지 걱정해본 적이 없어. 부모님이 도와줄 수 있는 상황도 아닌데 말이야. 어떻게든 내 한 몸 먹고 살 수 있겠지. 무엇을 향한 믿음인지도 모르지만 어쨌든 잘될 거라는 믿음. 빽이 있는 것도 아닌데 말이야.

나에게는 또 하나 '선천적 병'이 있는데 그건 어디론가 떠나지 않으면 미쳐버리는 병이야. 그 병은 미래를 걱정하고 준비하기보다는 당장 떠나가도록 만들어. 그렇게 하지 않으면 지금 죽을지도 모르는데 어떻게 내게 미래가 올 수 있겠어.

출근을 해야 하는 학기 중에는 주말에라도 버스를 타고 먼 곳에 다녀와야만 숨이 쉬어져. 떠나지 못하는 날이 길어지면 시름시름 앓아. 이병률 시인의 〈여전히 남아 있는 야생의 습관〉(『바람의 사생활』, 창비, 2006)이라는 시는 "자주 거처를 옮기는" 사람과 "서너 달에 한번쯤, 한 세 시간쯤 시간을 내어 버스를 타고 시흥이나 의정부 같은 곳으로 짬뽕 한 그릇 먹으러 가는 시간을 미루면 안 되는" 주체에 대해 노래해. 내가 먹는 것이 짬뽕 한 그릇이 아니라 몰입이고, 짬뽕으로 배부르게 하려는 것이 아니라 이 불치병을 앓는 자신을 타이르는 중이라는 것을 격하게 공감했어.

그렇게 몇 시간 걸리는 곳에 잠시 다녀오기를 반복하며 한 학기를 버티다가 기다리던 방학이 되면 더 먼 곳으로 떠날 수 있었어. 그래서 내 월급의 대부분은 비행기 티켓을 구입하고 해외에서 생활할 숙소를 예약하는 데에 소비되었어. 비행기 티켓을 예매하는 순간 살아갈 힘이 생겨. 비행기 티켓을 예매한 후에는 어느 도시를 다닐지 계획을 짜고 다이어리를 보면서 한 학기를 버텨.

떠나고 돌아오고, 돌아오자마자 또 떠날 준비를 하는 것이 운명이었고 야생의 습관이었고 이런 나를 버거워해서도 모른 체해서도 안 되었지. 그렇게 10년 동안 훌쩍 떠났던 여행 기록을 담은 책이 한여름이라는 필명으로 펴낸 여행산문집 『만나지 않은 것보다 만난 것이 더 좋았다』(부비북스, 2017)야.

여행을 떠날 때도 죽을지도 모른다는 생각을 해. 다시 돌아오지 못할 수도 있으니 떠나기 전에는 집을 말끔하게 정리해둬. 누군가 망자의 집에 들어왔을 때 지저분하다고 흉을 보거나 가슴 아파하지 않도록. 마지막 모습은 깔끔하게 하고 싶은 의식 같은 것. 내 집 같지 않게 잘 정돈된 집을 둘러보며 배낭을 메고 트렁크를 끌고 미련 없이 집을 떠나.

비행기를 가장 많이 탔던 여행은 호주를 여행했을 때야. 그때는 '오늘만 살자'가 얼마나 최고조에 이르렀는지, 언제 다시 호주에 올 수 있을지 모른다는 생각으로 호주 대륙을 횡단하고 싶었어.

다이어리에는 가고 싶은 도시 이름을 나열했어.

브리즈번-케언즈-앨리스스프링스-퍼스-멜버른-시드니

브리즈번에 도착하자마자 숙소에서 한 일은 다른 도시로 떠나기 위한 호주 국내선 비행기 티켓들을 예매하는 일이었어. 호주 안에서만 비행기를 무려 일곱 번을 탔어.

그런 식으로 월급의 대부분을 길거리와 하늘 길에 뿌

리고 다녔지. 엄마는 내가 어딘가에 정착해서 착실하게 돈을 모으고 집을 마련하는 삶을 살기를 바라시지만 뿌리를 내리는 일은 내게 가능하지 않은 일이야.

정착할 장소가 정해졌다면 그 지역에 집을 사둘 수가 있을 테고, 시간이 흘러 집값이 올라가면 재테크를 할 수 있을 테고, 집을 사두지 않는다고 하더라도 이사 비용이 덜 들 테고, 저금을 더 할 수 있을 거야. 반대로 방랑자들은 돈을 모으기가 쉽지 않아. 항상 어딘가로 떠나야만 해서 이동비가 들고, 거처를 자주 옮겨야 해서 이사 비용이 들고, 정착할 곳이 없기 때문에 집을 마련해둘 수도 없어.

첫 발령을 받고 속초에서 살 때 엄마는 속초에 있는 아파트를 사 두는 것이 어떻겠냐고 했지만 나는 곧 속초를 떠날 것이고 언제 다시 속초에 돌아올지도 모르는데 아파트를 사두는 것은 무리라고 생각했어. 돈이 묶여 있다면 여행 경비를 마련하는 것도 힘들 테고. 그렇게 십 년이 지난 후에 나는 신기하게 다시 속초에 돌아오게 되었고 집값은 많이 올라 있었어. 엄마는 그때 집을 사두었다면 얼마나 좋았겠니, 하시지만 내가 십 년 동안 방랑하며 겪은 것은 무엇과도 바꾸고 싶지 않아. 그 여행들이 없었다면 지금의 나는 없었을 테니까. 나의 단단함도, 나의 문장들도.

진영이가 송이에게

팬데믹 시대가 닥치면서 잠시 떠나는 일도, 멀리 떠나는 일도 어려운 일이 되어버렸어.

　　여전히 나는 뿌리내리는 삶을 살 수 없다는 생각을 해. 나는 고성에 있는 학교에서 2년 근무하고 바로 원주로 발령 신청을 냈고, 원주에 있는 A학교에서 2년 근무하다 다시 B학교로 옮겼어. 대부분 4년 만기를 채우고 떠나는 것과는 다르지? 인천 송도로 파견 신청을 내서 송도 C학교에서 2년 근무하고 양양의 외국어연수원에 파견 신청을 내서 영어장기심화연수를 다녀왔어. 속초에는 얼마나 머무르게 될지, 다시 고향 제주도로 가게 될지, 해외 파견 신청을 하게 될지, 미래는 불투명해.

　　그러면서도 이제는 내일모레를 준비해야겠다는 생각을 하기도 해. 여자 혼자 살 때-특히 나이 든 여자 혼자 살 때- 경제력이 얼마나 중요한지 알고 있거든. 팬데믹 시대와 같은 미래를 조금은 예상했다 하더라도 이렇게 빨리 이런 식으로 다가올지 지금을 살아가던 우리가 몰랐던 것처럼 앞으로 어떤 미래가 펼쳐질지 모르니까. 혹시라도 팬데믹이 교사직을 그만두게 만들거나 어떤 사건을 계기로 교사직을 그만두게 될지도 모를 일이야.

송이

끊임없이 우리를 위협하는,

철밥통

한동안 동료교사들 사이에서 '법률 지원 보험 상품'이 화두가 된 적이 있었어. 학교 안에서 일어나는 다양한 일들에 대한 행정 소송을 지원하는 보험인데, 그때는 세상에! 별의별 보험이 다 있구나 싶더라고. 그런데 이제는 전담 변호사를 채용하는 교육지원청도 있으니 그리 놀랄 일도 아닌 것 같아. 교직 생활한 지 이십 년도 채 되지 않은 나조차 빠르게 변화하고 있음을 느끼니 정말 앞으로 어떤 미래가 펼쳐질지 불확실해져가는 것 같아. 저번 글에서 내가 아이들을 가르치는 일에 지치지 않는다면 정년까지 할 것이라고 자신 있게 적었었는데, 이번 네 글을 읽고 나니 자신이 좀 없어지네. 내가 더 하고 싶어도 정말 팬데믹이나 어떤 사건을 계기로 교사직을 그만두게 될지 모르니까 말이야. 교사는 철밥통이라는 말도 이제 옛말인 것 같아.

대학생 시절, 방학 때 캐피털에서 단기 아르바이트를 했던 적이 있었어. 그때 나에게 아르바이트는 단순히 경험을 쌓기 위한 사회적 활동이 아니라 비싼 사립 등록금을 위한 전투적인 생계형 활동이었지. 집에서 먼 거리에 있던 사립대학교의 특수교육과를 다니던 나였기에 방학이 시작되면 마음이 급해졌어. 나쁜 일만 아니라면 최대한 시급이 높은 곳을 찾아 하루라도 빨리 아르바이트를 시작해야만 했지. 그러던 중 운이 좋게도 사무직 아르바이트를 구할 수 있게 된 거야. 이름만 들어도 알 수 있는 유명한 캐피털 사무실에서 대출 관련 상담을 하러 오는 고객들을 안내하는 단순 업무였어. 단기 알바였지만 시급제가 아닌 월급제였고, 가만히 서 있어도 땀이 주룩주룩 흐르던 폭염을 피해 에어컨 맞은편 책상에 앉아 손님들을 향해 친절한 미소를 지으면 되는 일이었으니 땡잡았다 싶었지. 세상에 이런 일만 있다면 얼마나 좋을까?

그런데 이런 생각은 반나절도 채 지나지 않아서 왜 이렇게 좋은 자리에 경쟁자가 적었는지도 알 수 있게 되었단다. 그곳은 정말 매일이 전쟁터였어. 돈과 관련된, 그것도 대출과 연체라는 예민한 단어가 동시에 존재하는 이곳의 일상은 '민원' 그 자체였거든. 이곳을 찾아오는 손님의 반 이상이 화가 나서 들어오거나, 화를 내며 그곳을 나갔으니까 말이지. 그런 손님들을 안내하는 일이 바로 내 일이었단다. 그날도 아저씨 한 분이 씩씩거리며 사무실로 들어섰어. 여기서 한 달만 일을 해보면 손님들의 발자국 소리만 들어도 바로 촉이 오거든. '아, 곧 또 한 번의 전쟁이 시작되겠구나' 하는 불길한 촉 말이야.

이곳에서 자주 듣는 멘트 중 하나가 이거야. "여기서 가장 높은 사람 누구야, 사장 나오라 그래!" 역시나 그

날도 다양한 신조어의 폭언과 함께 한바탕 소란이 일어
났어. 결국 그곳의 높은 분이 나오고 나서야 상황이 조
금 진정되었고, 아저씨는 화가 조금 누그러졌는지 내가
앉아 있던 안내 데스트 앞 의자에 털썩 주저앉으며 나에
게 말했어. "야, 물 좀 가져와 봐." 그때 나는 너무 긴장한
나머지 본능적으로 입구 옆 정수기를 두 손으로 공손히
가리키며 말해버렸지.

"손님, 물은 셀프입니다."

그 말이 나도 모르게 내뱉고는 바로 촉이 오더라고.
아, 또 한 번의 전쟁이 시작되겠구나….

그 두 달간의 아르바이트 동안 나는 등록금만 마련한
것이 아니었어. 고농축 인생 한 방울을 얻어 온 기분이었
지. 불행인지 다행인지 그다음 방학이 다가오자 다시 그
곳에서 단기 아르바이트를 할 생각이 없는지 또 연락이
왔어. 당연히 한다고 했지. 사립 대학교 등록금 마련을
위해 다시 그 전쟁터로 주먹을 불끈 쥐고 뛰어들었단다.
당시에는 너무 힘들었었는데, 지금 생각해보니 나는 일
개 아르바이트생이었으니 그런 상황들이 강 건너 불구경
정도였다고나 할까. 그건 나의 전쟁터가 아니었어. 진짜
나의 전쟁터는 정식으로 교사가 되면서부터였지.


월급을 받는 모든 일터가 그렇겠지만, 학교 역시 하나

의 전쟁터야. 평온한 평지 길을 걷는 날이 있는가 하면, 어떤 날은 매 순간이 살얼음판을 걷는 기분이 들 때가 있거든. 학생 혹은 외부 민원, 아니면 동료나 상사와의 갈등 등 다양한 일들이 정말 예고 없이 수류탄처럼 날아올 때도 있기 때문에 항상 정신을 바짝 차리고 있어야만 해. 한번은 옆 통합학급에서 소란이 일었어. 1학년 학생 한 명이 수업 중에 자기 화를 참지 못하고 소리를 지르며 책상을 걷어차고 울기 시작한 거야. 이번이 처음이 아닌 데다가 담임교사가 말려도 역부족이었어. 진정시키려는 담임교사를 발로 차고 울부짖는 친구의 모습을 지켜보는 같은 반 학생들에게도 트라우마가 될 수 있는 상황이었지. 그래서 일단 특수학급으로 그 학생을 데리고 와서 진정시키기로 했어. 쉽게 진정이 되지 않고 악을 쓰고 발길질을 해대는데 아이의 건강이 걱정된 담임교사는 부모님께 연락을 했고 그렇게 일이 마무리된 줄 알았지. 그런데 그다음 날 학부모가 자녀의 전문 상담을 권한 것이 불쾌했다는 이유로 특수교사인 나를 상대로 학교에 민원을 제기했어. 다행히 교감선생님께서 이미 상황을 자세히 알고 계셔서 원만하게 해결되었지만, 이렇게 상식 밖의 예상치 못한 공격을 받게 되니 너무 당황스럽더라. 정말 나도 고소를 대비해서 법률 지원 보험 상품에 가입해야 하는 것은 아닐까 하는 생각이 들 정도

송이가 진영이에게

였으니까 말이야.

다음 날 그 아이는 한바탕 폭풍이 지나가고 맑게 갠 얼굴로 아무렇지도 않게 우리를 대하더라(그동안의 스트레스를 전날 우리에게 다 풀었으니 개운할 수밖에). 기분이 좋아져서 다행이라고 해야 할지, 아니면 습관적 분노 표출에 대한 전문 상담을 부모님께 다시 권해야 할지(그렇게 되면 나는 또 민원을 받을 수 있겠지) 이런 것마저도 망설여야 한다는 현실이 씁쓸했던 일이었어.

그래서 나는 교사 직업이 '철밥통'이라는 말을 싫어했는데, 요즘은 별로 나쁠 것도 없다는 생각이 들어. 만약 정말 내 자리가 철밥통이었다면, 그 어떤 민원에도 내 자리가 위협당하지 않음을 확신할 수 있다면 나는 그 일에 직접적인 담당자가 아니어도 좀더 적극적으로 부모에게 자녀의 문제에 대해 자세히 말해주었을 거야. 하지만, 애석하게도 나는 이 일을 그만두면 당장의 생계를 고민해야 하는 근로자이기도 해. 사소한 민원이라도 몇 날 며칠을 끌려다니다 결국 사표를 쓰는 동료들도 보았기 때문에, 결국 나도 직접적인 내 일이 아니었다고 스스로를 합리화하며 그 일에 대해 어영부영 스쳐지나갔어.

장애를 가진 학생들을 대하는 특수교사들의 경우 이런 경우가 다반사야. 자녀의 장애를 받아들이지 못한 슬

품과 분노를 특수교사에게 쏟는 학부모를 종종 만나기도 하는데, 그러다 보면 어느 순간부터 교사라는 나의 직업이 '감정노동자'라는 생각이 들기 시작하거든. 신규 때는 나 역시 그런 감정에 온전히 휩쓸려 다니면서 상처를 받았었지. 나는 세상에서 민원이 가장 무서웠어(지금도 사실 무서워). 아침마다 눈을 뜨면 '오늘은 또 어떤 공격이 나를 기다릴까' 하는 불안에 떨었던 적도 있었어. 그런데 민원보다 더 무서운 건 말이지, 이러다 정말 내가 내 자리를 지키기 위해 '몸 사리는 교육'만 하게 되지는 않을까 하는 마음이야. 아이들을 바르게 인도하기보다 자리 지키는 데 급급한 교사가 된다는 건 너무 슬픈 일이잖아. 하지만 추세가 점점 그렇게 흘러가는 것만 같아 마음이 편치 않네. 우리를 지킬 수 있는 건 결국 우리뿐이라는 사실도 말이지.

곧 스승의 날이 다가오는구나. 스승의 날이 되면 촌지 문제를 원천적으로 막겠다는 고육지책으로 학교 재량휴업일이나 개교기념일로 지정하기도 하는 학교가 늘고 있어. 교사들 역시 스승의 날이 부담스럽기는 마찬가지인 것 같아. 스승의 날의 본질은 흐려지고 이제는 교사인 우리조차 참 불편한 기념일이 되었어. 그럴 바에는 차라리 우리도 근로자라고 쳐주면 좋겠어. 5월 1일에 마음 놓고 쉬기라도 하게 말이야. 물고기도 아니고 사람도 아닌 인어처럼 우리의 자리도 근로자라고 하기도, 스승이라고 하기도 애매해지고 있는 것 같아. 이런 사정을 안다면 교사라는 직업을 '철밥통'이라고 말하지는 못할 것 같은데…. 그렇지 않니?

진영          부끄러움은 우리의 몫

"손님, 물은 셀프입니다."

상냥하면서도 단호하고 정확한 안내의 멘트 아니야? 하지만 웃음이 터지고 말았네. 이 말을 들은 손님 얼굴은 울그락불그락 당황스런 감정이 가득 어려 있었겠지?

교사라는 직업은 적어도 그런 손님을 상대하지 않아도 되어서 좋다고 생각했어. 하지만 내가 겪지 않았을 뿐이지, 더 심한 경우도 많이들 겪더라고. 학교로 다짜고짜 쳐들어와서 교사에게 폭력을 가하는 사람들이 있어. 그럴 경우에 대비해 전교조(전국교직원노동조합)든 교총(한국교원단체총연합회)이든 한 군데라도 가입해두어야 한다는 이야기도 들었어. 네가 얘기한 보험 같은 것.

너와 같이 책임을 다하려 노력하는 — 책임을 다하지 못하면 부끄러워하는 — 교사들에게 철밥통이란 말은 몹시 불쾌한 말일 거야. 의욕을 떨어뜨리기도 해. 난 그런 인식을 심어준 교사들에게도 화가 나.

코로나19로 온라인 수업 상황이 되자 교사들은 다양한 콘텐츠를 만들려고 노력했어. 하지만 아무것도 하지 않는 교사도 있었어. 1, 2학년은 EBS 프로그램을 활용할 수 있었는데 우리 학교 1학년 선생님들은 EBS 프로그램과 자체 제작한 동영상 콘텐츠를 병행해 제공했지만 어떤 학교에서는 EBS만 보게 한 교사들도 있었다고 하더라고. 집에서 아이의 온라인 수업을 지켜보던 양육 책임자들이 링크만 가져오는 교사가 교사냐고 항의했다지. 수업에 알맞은 교육링크를 찾는 일 역시 쉬운 일은 아니지만, 교사가 직접 수업해주길 원하는 건 당연한 요구이기도 해.

갑자기 바뀐 시스템에 심리적 부담감을 안게 된 교사 (자기 수업이 영상으로 박제되는 것이 편한 교사는 드물어. 아직 우리는 유튜버나 인터넷 강사는 아니니까), 직접 하는 강의는 자신 있지만 아이들 없는 교실에서 카메라를 쳐다보고 원맨쇼를 하는 것은 두려운 일이었어. 충분히 연구하고 준비할 시간도 없는 상태에서는 더욱 당혹스러웠지. 그렇지만 노동의 대가인 월급에 대한 부끄러움은 없어야 하지 않을까. 어떻게든 준비하고 시도하려는 노력은 해야지.


온라인 수업은 모두에게 생소했어. 전자기기를 다룰 줄 모르는 저학년은 양육 책임자의 도움을 받아야 했고, 고학년이라고 해도 장시간 온라인 수업에 집중하는 것은 어려운 일이었어. 왜 우리도 온라인 강의 틀어놓고 딴짓을 하곤 하잖아. 핸드폰을 만지작거린다든지, 음식을 먹는다든지, 졸든지. 학생이 집에 혼자 있는 경우도 많았어. 학습 결손이 쌓여가는 아이들이 늘어났지. 학대 당하고 있어도 학교에 나오지 않으니 알기도 어려웠어. 어떤 교사들은 이런 학생들이 걱정돼서 어서 등교 수업을 할 수 있게 해달라고 간청했어. 반면 어떤 교사는 큰소리로 떠들어댔지. "온라인 수업하니깐 너무 좋다." 교사들끼리 이야기해도 부끄러운 생각인데 교무행정사님이나 행정실 주무관님이 듣는 앞에서도 너무나 당당하게 얘기하니까 듣는 내가 더 부끄러웠어. 마치 그 말이 교사의 속마음을 대표하듯이 들릴까 걱정도 됐어.

온라인 수업이 힘든 저학년부터 등교하기로 결정됐을 때 어떤 교사는 저학년도 온라인 수업을 해야 한다고 주장했어. 감염병을 걱정한 말일 수도 있겠지만 그렇다면 학생들이 가정에서도 좋은 수업을 받을 수 있도록 온라인 수업에 더 신경을 써야 하지 않았을까?


코로나19 이전에도 부끄러운 교사들은 학교에 한두 명씩은 있었어. 한번은 옆 반 학생들이 나를 찾아왔어. 5학년을 가르칠 때였는데 우리 반 학생이 6학년들에게 괴롭힘을 당하고 있어서 6학년 학생들을 불러서 상담하고 우리 반 학생과 화해하도록 도와준 적이 있어. 그 사례를 듣고 옆 반 학생도 도움을 청하러 온 거야. 담임선생님에게 말해도 아무런 조치도 취해주지 않는다면서.

학생들에게 막말을 퍼붓는 교사, 수업을 제대로 하지 않는 교사, 수석교사라 수업 시수는 적게 받는데 수석 업무는 제대로 하지 않는 교사, 최대한 업무를 배정받지 않으려고 노력하는 교사(그럼 다른 교사의 업무가 과중해지겠지). 그저 얼굴에 철판만 깔고 있으면 편하게 지낼 수 있는 사람들이야. 책임을 다하지 않아도 부끄럽지 않아. 다른 사람에게 피해를 줘도 부끄러워하지 않아. 그들에게 반성이란 없어.

지금까지 나를 분노하게 하고 부끄럽게 한 교사 얘기를 했는데 이런 사람은 사실 학교에서 한둘 정도에 불과해. 그들이 교사 집단의 대표가 될 수는 없지. 그 소수 때문에 전체 교사가 욕을 먹는데 언론이 큰 몫을 하고 있어. 언론에서는 존경받아야 할 교사들 이야기는 거의 다루지 않고 비난받아야 할 소수의 사례를 자극적으로 다루길 좋아하니까. 교사 복지를 줄이라는 청원을 하는 사람들도 있는데, 좋은 것을 없애려고 할 것이 아니라, 다른 일터가 정당한 복지를 갖추도록 하는 데 관심을 가져야 하는 것이 아닐까? 다 같이 불평등해지는 것이 평등한 걸까?

코로나19로 인해서 수많은 가게가 문을 닫고 어떤 직종의 사람들은 생계의 위협을 받게 되었지. 교사는 그런

진영이가 송이에게

위험에 처하지 않았어. 사실 이런 이유로 교대에 진학한 사람도 많아. 의대에 들어갈 성적으로 교대를 선택한 친구도 있었어. 우리는 IMF를 겪은 세대였으니까 위기의 상황에도 안정적인 직장이 최고라는 인식을 갖게 됐지. 그건 각자의 선택이었지만 그런 선택을 할 수 없는 환경에 있는 사람도 많았을 거야. 교대에 진학할 만큼 교육받지 못했거나, 성적이 돼도 대학 등록금을 마련할 수 없어서 포기한 친구도 있겠지. 그러니까 부끄러워. 그래서 더 부끄러워. 밤낮으로 일을 해도 코로나19 때문에 생계를 위협받는 사람들이 있는데 내가 받던 월급에 조금도 타격을 입지 않은 채로 마음 편히 살고 있으면서 남의 위기를 밟고 서서 자기 편한 소리를 깔아놓는 사람들이 난 부끄러워.

내일은 스승의 날이야. 내일이 토요일이라 오늘 아이들이 우르르 몰려와서 편지를 주고 갔어. 작년에 한글을 가르쳤던 학생들인데 한 문장 한 문장 어렵게 쓰던 아이들이 길게 쓴 편지를 주니 더없이 귀해 보이더군.

"아직뛰어쓰기랑받침몰라도괜찮죠?"

띄어쓰기와 맞춤법이 틀려서 더 좋은 아이들 편지.

친구들의 마음도 제 마음도 잘 알아주셔서 학교생활이 정말 재밌어요. 지금도 열심히 공부도 잘하고 친절한 아이나 될게요. 친구들을 잘 놀아주시고 착하게 해주셔서 고맙습니다 선생님 덕분에 맑고 활발한 사람이 됐어요

저는 선생님이 없으면 저는 뭘 공부하고 뭘 배워요 저는 이렇게 생각해요 선생님이 저희를 가르칠려고 노력을 한다는 것을요 선생님이 저희를 위해 알려주고 싶은 거죠 저는 선생님이 있어서 좋아요

내가 정말 이런 일들을 한 걸까? 아이들에게 부끄럽지 않은 선생님이 되어줘야겠어. 이 아이들의 여덟 살 인생은 나에게 엄청난 영향을 받고 있는 거잖아. 이건 실로 어마어마한 일이잖아.

오랫동안 같은 일을 하면 매너리즘에 빠지고 권태로워져 점차 쉬운 방향으로 나가려는 자신을 발견할 때도 있어. 한결같이 열정적인 교사로 지내는 것은 얼마나 어려운 일이니. 하지만 적어도 나에게 부끄럽지 않으려고 노력해야겠지.

이규리 시인의 문장을 적어 두고 부끄러움에 대해 생각하고 부끄러움을 다시 배우고 싶어.

진영이가 송이에게

어떤 경우에도 불완전한 자의 위치를 벗어날 순 없지만 해답을 구해야 하는 일에 직면할 때면 더 아름다운 쪽을 선택했다. 그러나 이제는 덜 부끄러운 쪽을 선택한다. 그리고 입을 닫는다. (이규리, 『시의 인기척』, 난다, 2019, 46쪽)

송이

월급도둑과
백지수표

금지된 선악과를 먹은 순간부터 수치감을 느끼게 되었다는 아담과 이브의 이야기에서 말이야. 벌거벗은 것을 창피하게 여기지 않던 그들이 과일을 깨물고 선악을 알게 되던 순간 가장 먼저 한 일이 무화과 잎으로 급하게 몸부터 가리는 것이었대. 결국 부끄러움을 느끼는 것도 선과 악을 구별하는 이들만이 할 수 있는 것이 아닐까.

네 말마따나 일부 교사들은 매달 받는 급여에 따른 의무나 책임 따위는 잊고 있는 것 같아. 너무 당연한 권리로 받아들이다 보니 자신이 어떤 부끄러운 말과 행동을 하고 있는지 의식하지 못하는 거겠지. 그렇게 무뎌진 채 현실에 안주해버린 사람들을 요즘 말로 '월급 도둑'이라고도 불러. 안주한다는 것이야말로 이 직업이 가진 위험한 함정인 것 같아. 그래서 나는 매일 아침 현관문을 나설 때면 오늘도 고객님(?)들을 위해 최선을 다하겠다는 다짐을 마음으로 세 번 외치고 길을 나서는 습관이 생겼어. 고객을 유치해야만 월급을 받을 수 있는 영업사원들의 마음처럼 긴장감을 스스로에게 부여하는 거지. 나는 도둑이 되기도 싫을 뿐만 아니라, 당장 이 일을 그만둔다면 다음 달에도 갚아야 할 대출금을 갚을 방법도 없으니까 말이야.


그럼에도 나도 별 수 없는 인간이기에 17년 동안 매일 같은 일을 반복하다 보면 안주하고 싶은 마음이 생길 때가 있지. 가끔은 출근해서 교실 문을 여는 동시에 바로 뒤돌아서서 퇴근하고 싶다는 생각을 하기도 하고, 오늘은 너무 피곤한데 대충 수업 시간을 때워볼까 하는 마음이 들기도 해. 학생들만 쉬는 시간을 간절히 바라는 게 아니야. 교사인 나 역시 쉬는 시간의 10분이 어찌나 짧게 느껴지는지 몰라. 다만 교사이니까 이런 생각을 입 밖으로 꺼내지 않을 뿐이야. 그러니 나는 철밥통이라며 대놓고 자랑하는 소수의 교사를 비난할 처지가 못 되지. 내가 봐도 너무 심하다 싶은 교사들은 정말 면전에서 반박하고 싶을 때도 있지만, 너도 알다시피 나는 조리 있게 말도 못 하는 데다 소심하잖니. 내가 할 수 있는 복수(?)라고는 고작 그들을 교사로 존경하지 않는 것과 (아무리 나이가 많을지라도) 고개 숙여 인사하지 않는 것뿐이야. 아마 그들은 내가 그런 복수를 하는 것조차도 모를 거야. 정말이지 자신의 업무를 소홀히 하는 것을 부끄러워하지 않는 사람들을 보면 화가 나고 얄미워. 그러니 학교 밖에서 교사들을 바라보는 시선들은 오죽할까. 가끔 교사 집단을 싸잡아 욕하는 글을 보면 가슴에 바늘이라도 박힌 듯 쓰라리기도 하지만 나 역시 그 마음이 이해가 가기도 하거든. 그래서 언제부터인가 내 직업을 영업사원이라고 생각하게 되었나 봐. 스스로가 파놓은 '안

송이가 진영이에게

주'라는 함정에 빠지지 않으려는 나름의 발버둥이겠지.

17년 전 임용고시 2차 면접고사의 질문 중 하나가 '교사관'이었어(나는 왜 이런 사소한 것들만 잘 기억하는 걸까). 교사관에 관한 질문은 예상 문제 중 하나였으니, 나는 마음속으로 쾌재를 부르며 정해진 답을 기계처럼 술술 이야기했었어. 매뉴얼대로라면 교사관은 대개 성직자관, 노동직관, 전문직관으로 나누어지잖아. 상황에 따라가 이 세 가지를 잘 섞어서 대답하라는 것이 모범 답안이었으니 나는 그 답안에 충실히 따랐는데, 웬걸 2차 면접 점수가 정말 낮게 나와서 하마터면 임용고시에도 떨어질 뻔했어! 지금 생각해보면 면접관들은 같은 질문을 수많은 수험생들에게 했을 거야. 그리고 대부분의 수험생들이 나와 비슷한 대답을 했겠지? 나 같아도 이 기계적인 예비 교사에게 좋은 점수는 안 줬을 것 같아. 이유는 모르겠지만, 그때의 기억은 선명하게 남아 있어. 17년 전 면접을 보던 교실의 공기마저도 말이야. 면접관들을 마주 보고 앉아 있던 의자의 촉감과 긴장한 내 손의 떨림마저도 말이지. 그 순간에 나는 교사만 될 수 있다면 내 뼈를 학교 운동장에 묻겠다는 간절한 마음이었거든. 그때 나의 열정은 횃불이었어. 활활 타올랐지. 그럼 지금 내 열정은 무엇으로 비유하면 좋을까(라이타? 성냐? 분명한 것은 그때의 햇불보다는 덜 타오르고 있다는 거겠지).

교사로 살아가는 우리들에게 가장 큰 적은 '안주'인 것 같아. 특히나 특수교사들에게는 더욱더 그런 거 같아. 특수교사의 업무는 백지수표와도 같거든. 백지수표에 어떤 금액을 적느냐에 따라 그 종이의 가치가 달라지듯이 특수학급에서의 특수교사 업무 역시 그렇단다. 특수학급을 '작은 특수학교'라고 부를 만큼 특수학교가 하는 일들을 특수학급에서 하게 되는데, 여러 특수교사가 함께 일하는 특수학교와 달리 특수학급은 대개 한 학교당 특수교사가 한 명인 경우가 많아. 그렇다 보니 한 해의 세부적인 특수교육 행사를 특수교사 혼자 전적으로 결정하게 되는 경우가 많지(물론, 학교 관리자의 승인을 받아야 하지만). 이 말은 즉 특수교사가 마음만 먹으면 일 년이 숨 쉴 틈도 없이 바쁘게 돌아갈 수도 있고, 반대로 정말 한량처럼 일 년을 거저먹을 수도 있다는 뜻이기도 해. 백지수표처럼 특수교사의 재량이 학급 경영의 전반적인 영향을 줄 수밖에 없어.

어린 시절 나는 〈동물의 세계〉라는 프로그램을 정말 싫어했어. 서로를 쫓고 쫓기고 잡아먹히는 관계가 잔인하다고만 생각했었거든. 하지만 사실 생태계가 건강하게 돌아가려면 적당한 포식자는 꼭 필요한 법이라는 것을 이제 깨닫고 있단다. 적당한 포식자의 견제는 특수교사에게도 마찬가지인 것 같아. 포식자가 없는 생태계는 평화로워 보여도 결국 생태계를 파괴시키는 원인이 되듯, 백지수표 역시 특수교육을 무너뜨리는 요인이 될 것 같아. 그도 그럴 것이 일반교사들과 달리 대부분의 특수 관련 업무와 행사를 혼자 진행하다 보면 기준에 대해 모호해질 때가 있거든. 가끔은 내가 잘하고 있는지 아닌지도 모르겠고, 잘한 일도 못한 일도 피드백 없이 넘어갈 때도 다반사야. 물론 조언을 얻기를 원한다면 교내외에서 얼마든지 구할 수도 있겠지만, 만약 그런 노력을 스스로 하지 않는다면 거울이 없는 방에 갇히게 되어버리지. 거울이 없는 방은 처음에는 답답하겠지만, 그게 당연해지면 점점 무뎌지거든. 견제가 없는 생태계는 처음에는 평화로워 보이지만 곧 무너져버리듯이, 일부 특수교사들 역시 그 상황에 안주하며 스스로 자신이 파놓은 함정으로 들어가게 돼. 주간 시수를 최소한으로 잡고, 자체 행사를 만들지 않으며, 설렁설렁 수업 시간만 때우는 이른바 '월급 도둑'의 길로 나아가는 특수교사들이 생기는 거야.

그런가 하면 정반대인 특수교사들도 있어. 정말 말 그대로 학교 운동장에 뼈를 묻을 정도로 열심히 하는 특수교사도 있거든. 내가 봐도 '와! 진짜 열정이 대단하다!'

싶은 그들인데 그들 역시 함정에 빠지더라고. 이유는 비슷해. 열정적인 특수교사들은 특수교육에 관심 없는 학교와 의심하는 보호자, 반응이 없는 학생들에게 맥이 탁 풀려버리는 거지. 그 마음은 백 번 이해가 가. 한번은 교무실로 특수학급에 대한 민원 전화가 왔는데, 바로 '우리 아이가 힘들게 왜 숙제를 내주냐'였거든. 우리 반 아이들의 경우 규칙적으로 학습하는 습관이 잡혀 있지 않아서 매일 아이들 스스로 할 수 있도록 수준별로 두 장씩 학습지를 숙제로 내주고 있는데, 하루 5분이면 충분히 할 수 있는 정도의 아주 적은 양이야. 심지어 그 학생은 경도장애라 보호자의 도움 없이도 혼자서 할 수 있었거든. 그러니 이것이 민원의 이유가 되리라고는 상상도 못 했어. 갑자기 힘이 쫙 빠지더라. 순간 아무도 알아주지 않는 일을 굳이 이렇게 열심히 할 필요가 있나 싶은 생각까지 들더라고. 가끔 이렇게 '열정이 부른 민원'을 대할 때면 이 백지수표를 어떻게 나에게 유리하게 활용하는 게 좋을까 삐딱한 생각을 잠시 하기도 해.

언제였던가, 한번은 관리자 한 분이 나에게 이런 위로를 하셨어. "때론 과한 열정이 독이 될 수도 있어" 경험이 담긴 그 위로에서 나는 공감과 함께 묘한 쓸쓸함을 느꼈어.

송이가 진영이에게

그 말의 의미는 무엇이었을까. 나는 오늘도 냉정과 열정 사이에게 고민을 하게 돼. 어느 정도의 열정을 쏟아야 하는지, 어느 정도의 냉정을 찾아야 하는지 여전히 잘 모르겠어.

진영

처음이라는
설레는 이름

사람들은 왜 첫눈 오는 날에 그렇게 의미를 부여할까? 첫눈 오는 날에 약속을 정하고, 그날을 놓치면 아쉬워하고 그러잖아. 첫사랑은 애절하고 잊을 수 없고, 첫 키스는 소중해서 아무하고나 하면 후회할 것 같고. '처음'이라는 단어가 붙으면 신성하고 깨지기 쉽고 다시 오지 않을 것 같은 안타까운 마음이 드는 것 같아.

　"과한 열정이 독이 될 수 있다"는 말에 첫 제자들을 떠올리게 되었어. 그분이 왜 그런 조언을 했는지도 이해해. 처음부터 과도한 열정을 불태우던 교사들이 지쳐가는 모습을 보았을 거야. 열정이 강하면 기대가 크고 그만큼 실망하고 상처 받기 때문이겠지. 그런데 돌이켜보면 그 '과도한 열정'도 시기가 있는 것 같아. 다시 오지 않을 청춘처럼. 난 그 시간을 놓치고 싶지 않았어. 상처 받더라도 뜨거운 사랑 한번쯤은 해보고 싶은 것처럼.

　친구들과 연애와 결혼에 관해 비슷한 이야기를 나누기도 해. 사람이 어떻게 한평생 뜨거운 채로 살 수 있겠어. 그렇지만 결혼 생활이 위기를 맞았을 때 그 뜨거웠던 시절을 떠올리면 도움이 되기도 한대. 뜨겁게 사랑하다가 헤어지면 그만큼 더 아플 거야. 실패로 위축되고 다시 상처 받지 않기 위해 "사랑 안 해"라고 노래 부르기도 하고. 그럼에도 불구하고 "한 번도 상처 받지 않은 것처럼 사랑하라"고 하는데 그게 어디 쉬운 일이겠어.

내 열정만큼 따라오지 않는 아이들, 양육 책임자들과 학교 환경, 드러나지 않는 교육의 효과들로 점점 지쳐가 겠지만 그때만큼 빛나는 순간은 다시 오지 않을 거야.

내가 가장 열정적이었던 순간, 그 빛났던 순간을 떠올 려보곤 해. 내 기억은 온전치 못하겠지만 신기하게도 아 이들이 기억하고 내게 상기시켜주기도 하지. 인간의 본 능이 날것인 채 살아 있는 아이들을 보면 알 수 있어. 사 람은 자신이 가장 중요하고, 언제나 자기가 주인공이고, 끊임없는 관심과 사랑을 필요로 하는 존재야. 자신이 미 움받으면 미움받는 것을 알고 혼나고 있어도 사랑받으 면 사랑받는다는 것을 알아. 처음에 학생들을 만나면 무 조건 사랑을 주곤해. 사랑받고 있다는 것을 충분히 느 낄 수 있도록. 규칙을 지키지 않아서, 다른 학생들을 괴 롭혀서 내게 혼이 많이 났던 학생들에게 "선생님 밉지? 내년에도 내가 너 담임할 거야." 하고 엄포를 놓으면 싫 다고 소리 지를 줄 알았는데 입을 삐죽이면서도 "뭐, 그 러시든지요."라고 해. 그럼 나도 알아. 내가 사랑받고 있 다는 걸. 학생들이 자신을 지도하는 선생님에게 사랑받 고 있다고 느끼는 것은 무척 중요해. 그리고 어려운 지점이기도 해. 나를 힘들게 하는 학생들을 어떻게 사랑만 할 수 있겠어. 그럴 때 우리는 이 생각을 잊어서는 안 돼. '아이들은 죄가 없다.' 아이들이 그렇게 자라게 된 데에는 우리 사회와 양육 책임자의 '책임'이 커. 아이들이 자라나는 환경이 그런 행동을 만들어낸 것이고 결국 우리를 힘들게 하는 것은 아이가 아니야. 나는 이런 사실들을 첫 제자들과 함께하며 알게 되었어.

첫 발령은 강원도 고성의 어느 학교였어. 한 학년에 한 반밖에 없고 특수학급 한 반까지 해서 총 7학급이 다인 작은 학교였어. 한 반에 학생들은 일곱에서 열네 명 정도였어. 1학년 때부터 같은 반인 학생들은 6학년 때까지 같은 반으로 지내서 서로에 대해 잘 알고 돈독해. 나는 3학년을 맡게 되었는데 의외였어. 3학년은 교사들이 반기는 학년이라 신규에게 3학년을 배정하는 건 예사롭지 않은 일이었는데 내게 배정된 이유는 이 3학년 학생들 역시 예사롭지 않은 학생이었기 때문이지! (덕분에 나는 그 후에 만나게 되는 학생들이 조금도 두렵지 않게 되었다는 후일담도 있어!)

결코 길들여지지 않는 열네 명의 야생마들이 경험도 전혀 없는 백지 상태의 초임교사를 반기고 있었지. 아이들의 주 무대는 학교 뒷산이었어. 종도 치지 않는 학교에서 쉬는 시간이 끝나도 돌아오지 않는 아이들을 찾으러 뒷산에 오르는 것이 나의 일이었지.

"지연아, 영민이랑 민호랑 윤수는 어디 갔니?"

"뒷산에서 뱀 잡고 있을 걸요?"

주로 이런 말들이 오고 갔지.

"선생님, 동준이가 컴퓨터가 잘 안 된다고 머리로 컴퓨터를 박고 있어요!"

"선생님, 저는 글을 읽을 줄 몰라요."

"선생님, 보영이가 사라졌어요."

"선생님, 성아가 유치원 장구 망가뜨렸대요."

"선생님, 미경이가 먹물을 벽에다 쏟아부었어요."

처음이라서 주로 말썽을 부리는 학생 이름만 부르다 보니까 범생이었던 영호가 울면서 반항하기 시작했어.

"선생님은 왜 말 안 듣는 학생 안 때려요?"

어디로 튈 줄 모르는 열네 명의 학생들이 핑퐁핑퐁 튀면서 교실은 난장판이 되었고 내 마음도 난장판이 되어 갔지.

그 학교는 통일연구학교였고 북한과의 교류가 있던 시절이라 우리 학교 학생들은 북한으로 체험학습을 가게 되었어. "4학년부터 가기로 합니다." 회의에서 정해졌어. 우리 반은 제외되었어. 예산이 없던 것이 아니라

위험해서. 어떤 사고를 칠지 몰라서. 우리 반 학생들은
북한에 가고 싶다, 가고 싶다, 노래를 불렀지. 나는 반쯤
은 안도하는 마음으로 대답했어.

"얘들아, 우린 못 가."

우리 반 학생들 중에는 덧셈 뺄셈을 잘 못하고, 글자
도 잘 쓸 줄 모르는 학생들이 있어서 수업이 끝나면 남
겨서 공부시켜야 했어. 친구들 사이에 인기가 좋고 잘
놀 줄 아는 영민이는 방과후에 남아서 공부하는 것을 그
렇게 싫어했어. 명랑하던 얼굴에서 굵은 눈물방울이 뚝
뚝 떨어졌어. 그리고 나를 미워하는 것 같았지.

그럼에도 첫 제자라서 나는 모든 것을 쏟아부었어. 체
험학습은 모조리 데리고 나갔어. 추억을 만들기 위해 주
말을 반납하고 고성에서 속초까지 데리고 나가기도 했
어. 매달 생일파티를 준비하고 신나는 이벤트를 마련했
지. 어느 날 우리 반 아이들에게 "나는 너희들 엄마야.
학교에 있는 엄마."라고 말했어. 이 말이 어떤 파장을 일
으킬지 전혀 모른 채. 나는 아이들이 피식 웃어버리거나
"어떻게 선생님이 우리 엄마예요?"와 같은 반박을 받
을지도 모른다고 생각했어. 특히 영민이는 내가 엄마라
고 해도 매일 남겨서 공부시키는 나를 좋아할 리 없을
거라 생각했어.

며칠 후 영양 선생님이 우리 반 학생들이 급식소 컵을

가져갔다고 찾으러 오셨어. 쉬는 시간이 끝나가도 들어오지 않는 아이들이 돌아오길 기다리며 이제는 급식소까지 진출했구나 한숨을 쉬고 있었는데 곧 아이들이 급식소 컵을 들고 교실로 돌아왔어. 컵에는 흙과 노란 꽃이 담겨 있었어. 영민이가 수줍은 얼굴로 앞머리를 한 손으로 쓸어내리며 내게 컵을 내밀었어.

"엄마."

똘망똘망한 지연이가 거들었어.

"학교 엄마에게 주려고 만들었어요."

순간 울컥했어. 십여 년이 지난 지금도 그 순간이 생생해. 기대조차 하지 못했던 순간에 받는 이런 선물은 극적인 효과가 있잖아.


몇 년 전에 페이스북을 통해 영민이가 먼저 연락이 왔어.

"영민이 너. 내가 공부시켜서 매일 울었잖아?"라고 말하니 "그때는 철이 없었죠."라고 대답하는 거야. 이제 고등학교 2학년이 되었다면서. 그다음엔 민호에게 연락이 왔어. 지연이도 보영이도 수빈이도 나를 찾았어. 나는 초등학교 3학년 선생님을 전혀 기억하지 못하는데 이 아이들은 기억하고 있다는 것이 신기해.

아이들도 난장판이었고 가르치는 나도 난장판이었던

진영이가 송이에게

우리를 이끌어갔던 건 열정이었어. 아이들은 나의 열정과 나의 사랑을 느껴. 첫 해에 만난 개성 강한 열네 명의 아이들이 때로는 내가 잘할 수 있을지 두렵게도 했고, 나는 교사 자격이 없을지 모른다는 생각이 들게도 했지만 이 아이들이 너무나 사랑스러웠어. 어쩌면 난 상처를 각오하고 사랑하는 사람인지도 몰라.

어떤 선생님은 오히려 이 아이들을 내가 맡게 된 것이 더 나았다고 얘기하기도 해. 신규가 갖고 있는 열정이었기 때문에 가능했던 일들이 있었다고. 나는 열정적인 초임 교사였기 때문에 이 아이들의 야성과 개성을 그대로 존중해줄 수 있었던 건지도 몰라. 그때 우리 반 아이들과 나는 난장난장 빛이 났어! (그렇다고 기억할래.)

송이

냉정과
열정 사이

너의 첫 제자들의 얼굴은 모르지만 그때 그 상황과 표정들이 어땠을지 짐작이 가. 덕분에 나도 처음 발령받았던 순간들이 막 소환되는 거 있지. 나 역시 전교생이 50명도 채 안 되는 작은 학교가 초임지였거든.

얼마 전 내가 초임 시절에 가르쳤던 민호(가명) 어머니에게서 전화가 왔었어. 내가 민호(가명)를 만난 건 신규 발령을 받은 다음 해였는데, 초등학교에 갓 입학해 나의 손을 잡고 다니던 민호가 어느덧 고등학교를 졸업하고 성인이 되었지 뭐야. 가끔 이렇게 몇 년이 지나도 일 년에 한두 번씩 꾸준히 연락 주시는 보호자분들이 계셔. 일반교사들은 제자들의 연락이 오지만, 특수교사들에게는 주로 제자보다는 제자의 보호자에게 연락이 오는 경우가 많거든. 제자들의 연락받는 것이 드물다 보니 특수교사 선배는 "특수교사에게는 제자가 없다"라는 말을 하기도 했어. 장애가 심한 학생들의 경우에는 스승까지 챙길 여력이 없으니 그들이 먼저 연락을 하기란 어려워서 그런 말이 나왔겠지. 반대로 특수교사들이 제자들의 안부를 묻는 일이 많아. 하지만 매년 새롭게 맡게 되는 학생들이 늘어나다 보면 예전 제자들을 모두 챙기는 것도 쉬운 일은 아니야. 그러니 이렇게 보호자께서 먼저 연락을 주시면 제자들의 소식을 들을 수 있으니 얼마나 고마운지 몰라.

사실 민호 어머니와는 처음부터 이렇게 사이가 좋은 건 아니었어. 처음에는 자녀의 장애를 인정하지 못했고, 20대 초반의 신규 특수교사에 대한 믿음도 없으셨어. 도움반에서 하는 활동 자체를 반기시지 않으셨지. 할 수 있는 것이 없어도 통합학급에 보내고 싶어 하셨어. 경력도 없었고, 노련함은 더더욱 없던 초짜교사인 내가 할 수 있었던 건 아직 나를 믿지 못하는 보호자와 꾸준히 신뢰를 만들어가는 것뿐이었어. 그중 하나가 바로 하루도 빠짐없이 숙제를 내주는 거였어. 숙제라고 해봤자 선 긋기, 숫자 쓰기 등 개개인이 할 수 있는 수준보다는 조금 쉬운 학습지 달랑 두 장이 전부야. 마음만 먹으면 10분 아니 5분도 안 걸려. 하지만 숙제를 거부하는 학생들에게 몇 년 동안 꾸준히 숙제를 시킨다는 건 숙제를 내주는 교사도, 숙제를 도와주는 보호자에게도 쉬운 일은 아니거든. 종이 두 장이 매일 오가는 동안 종이 두께만큼 신뢰도 조금씩 쌓여갔어. 훗날 민호 어머니가 "그때는 몰랐는데 매일 내주던 숙제가 민호에게 큰 도움이 되었어요."라고 하시더라고. 학교를 떠난 후에도 가끔씩 민호와 관련된 고민 상담을 해드렸는데, 그게 벌써 17년이나 흘렀네. 처음 만났을 때는 눈 맞추는 것도 어렵고, 의사소통이 어려웠던 민호였는데 이제는 서툴지만 버스도 혼자 탈 수 있을 정도라니 정말 잘 자라준 것 같아. 올해는 (경쟁률이 센) 장애인을 고용하는 카페에도 취직도 했대. 비장애인들에게는 어쩌면 당연한 일들이 민호네 가족에게는 매번 큰 산을 넘는 일이었음을 누구보다 잘 알기 때문에, 내가 큰 시험에 합격하기라도 한 것처럼 감격해서 눈물을 찔끔거리며 함께 기뻐했던 기억이 나네.

내가 가르친 아이들이 크는 만큼 특수교사인 나도 성장하는 기분이야. 그러니 민호를 포함한 내가 가르친 모든 아이는 곧 내 과거이자 경력이기도 해. 초짜 교사에서 중견 교사가 되어가는 17년 동안 나와 그 아이들은 어쩌면 비슷한 과정을 겪고 있는지도 모르겠다. 그래서인지 나는 신규 때부터 지금까지 학교 만기를 꼭 채우기를 고집하고 있어. 매년 학년이 바뀌는 일반 학급과 달리 4년에서 길게는 5년까지 한 학급을 그대로 맡다 보면 학생들은 물론이거니와 대부분의 보호자와도 신뢰가 형성될 수밖에 없는 것 같아. 처음에는 못 미더워하던 보호자들도 조금씩 나를 믿고 자녀를 맡기게 되면 그때부터는 가르친다기보다는 함께 이 아이들을 키우는 기분이 들더라. 그렇게 정이 들어버리면 학교 만기가 다가올 때 어수선해지는 마음은 어쩔 수 없나 봐. 자식들을 두고 집 떠나는 엄마의 마음처럼 나 없이도 이 아이들이 잘 지낼 수 있을까 하는 걱정도 들었다가, 분명 나보다 더 좋은 교사가 오면 금방 나를 잊겠구나 하는 서운한 마음들도 생기거든. 어? 쓰다 보니 이거 정말 이별하는 연인들의 마음이잖아? 정말 연애를 하듯 특수교사를 하고 있다고 해도 과언이 아니었네. 매일 학교만 생각하고 살았던 해도 있었어(아마도 진짜[?] 연애를 쉬고 있던 때였겠지). 그땐 주말에도 반 아이들을 데리고 체험학습을 다녔을 정도였다니까. 나는 그때는 그것들이 모두 '열정'이라고 생각했었어. 가정에서 보호받지 못하는 아이들에게는 특히 더 그랬어. 내가 모든 사랑을 줄 수 있을 줄 알았어. 하지만 꼭 그렇지도 않더라.

승연(가명)이는 입학식 첫날 통합학급 바닥에 드러눕는 것으로 인사를 대신했을 정도로 입학 전부터 소문난 아이였어. 학기 초부터 나를 향해 의자 다섯 개를 던지고, 자신의 이마에 혹이 날 정도로 머리를 벽에 박는 등의 자해 행동을 보이는 승연이의 모습은 당황스럽기는 하지만 그렇다고 놀랄 일도 아니었지. 정서장애를 가진 학생들의 경우 초반에 환영인사(?)로 이렇게 기선 제압을 하는 일은 종종 있거든. 이런 경우 방법은 둘 중 하나야. 둘 중 한 명이 순응하거나, 포기할 때까지 기약 없는 싸움을 시작하는 것. 하늘에 두 개의 태양이 있을 수는 없잖아. 이미 수차례 비슷한 학생을 만나보았으니 '누

송이가 진영이에게

가 이기냐' 하는 기싸움은 내 전공이지만 한 가지 마음에 걸리는 게 있었어. 그때가 임신 12주 차를 막 지날 무렵이었거든. 심했던 입덧이 이제 막 가라앉았지만 여전히 조심해야 하는 시기였어. 승연이가 물건을 집어던질 때면 아무렇지도 않은 척 '더 던져봐!' 하는 표정을 짓긴 했지만 사실 나는 그때 배를 감싸며 속으로 엄청 불안해했어. 하지만 임신 초기만큼이나 학생과의 기 싸움도 초기가 중요해. 어느 것 하나 다시 돌아오지 않을 초기 앞에서 나는 잠시 고민했어. 혹시 모를 유산의 위험을 대비해서 그냥 저 아이를 내버려둘까 싶기도 했어. 그렇게 되면 이제 앞으로는 저 아이의 폭주를 막을 수는 없게 되는 건 불 보듯 뻔한 일인데…. 교직 생활에서 가장 난감했던 순간 중의 하나였어. 왜냐하면 나의 열정은 대중목욕탕의 온탕과 냉탕 같아서 중간이 없거든. 결국 나는 승연이와의 보이지 않는 전쟁을 시작하기로 마음 먹었고, 만삭이 될 무렵 승연이가 꼬리를 내림으로써 긴 싸움의 승부도 막을 내렸어. 다행히 건강하게 출산까지 했으니 망정이지 만약 이 일로 내게 무슨 문제가 생겼다면 나는 나의 열정을 두고두고 후회했을지도 모르겠다.

서열 정리를 끝으로 승연이는 순한 양이 되었어. 그런데 문제는 나에게만 순하다는 거야. 출산 휴가 3개월 동안 분만을 하러 수술실에 들어갈 때 빼고는 나는 항상 핸드폰을 쥐고 살아야만 했어. 모유 수유를 하다가도 언제라도 승연이에 관한 연락을 받을 수 있게 말이야. 분노 조절이 힘든 승연이는 씩씩거리며 난리를 치다가도 수화기 너머의 내 목소리를 들으면 다시 안정을(?) 되찾았거든. 3개월의 출산 휴가를 마치고 바로 학교로 돌아온 것도 승연이가 마음에 걸려서였던 것도 있었어. 그렇게 2년 동안 승연이를 가르치면서 세상 겪어보지 못한 크고 작은 일들을 참 많이도 겪었어. 그래도 승연이가 밉지 않았어. 나만 보면 순한 양이 되는 승연이가 귀엽기도 했거든. 하지만 학교 만기는 어김없이 찾아왔고, 나는 또다시 승연이와의 이별을 준비했지. 승연이를 두고 가는 것이 마음에 걸려 떠나기 전 그동안의 승연이의 상황을 정리해서 가정과 학교에 여러 방법을 제안했지만 결국 우려했던 일이 벌어지고 말았어. 들리는 소식에 의하면 그 뒤 사건, 사고와 민원들로 학교를 세 번이나 옮겼다고 하더라고. 가정에서 협력해주지 않으면 결국 학교가 해줄 수 있는 건 그때뿐인 걸 다시 한번 깨닫는 순간이었어. 유산의 위험까지 감수하면서까지 승연이를 가르쳤고, 승연이의 상태가 꽤 좋아졌다고 생각했는데 다시 원점이라니 허탈함을 감출 수 없더라. 열정이 있다고 해서 세상 모든 일을 해결할 수 있다는 것은 나의 섣부른 생각이었음을 깨달았어. 좋아지는 학생들도 많았지만 그건 어디까지나 가정에서 함께 협력이 가능할 때의 일이었어. 승연이처럼 가정에서 방임이 되는 학생들은 좋아졌다가도 놓아버리면 바로 되돌아가는 건 시간문제거든. 주변에서 "이 정도면 충분했다, 가정에서도 못하는 일은 교사인 우리도 못하니 이제 그만 놓으라"고 말하기도 하지만, 내가 놓을 수만 있었다면 진즉에 놓았겠지. 처음부터 몰랐다면 모를까, 알고는 못 놓는 것이 교사들의 숙명이잖니. 게다가 나의 열정은 순수하지만은 않았는지, 열정을 쏟은 만큼 자꾸 '기대'를 하게 되더라. 그 기대에 어긋나면 스스로 상처 받고 힘들어하기를 반복하기도 했는데 과한 감정 소비는 에너지를 빠르게 소진시키거든. 그러다 보니 어떤 날은 학교에 가기 싫어서 아침에 영영 눈을 안 뜨고 싶다는 생각을 할 때도 있었어. 그런 걸 보면 나는 열정이 많은 교사였다기보다 열정을 제어하지 못하는 교사였을지도 모른다는 생각이 들어.

그래서 나는 이제 막 교사가 된 후배들에게 열정을 강요하고 싶지 않아. 때로는 냉정도 필요해. 교사가 완벽할 수 없다는 것을 스스로 깨닫지 않으면 상처 받는 것은 교사뿐만이 아니라 아마 학생도 마찬가지일 거야. 그러니 할 수 있는 것, 없는 것을 냉정하게 구분 짓는 것을

야박하다고만 생각해선 안 될 것 같아.

나는 목욕탕의 냉탕을 싫어해. 정확히 말하면 날카로운 차가움이 싫은 거지. 하지만 냉탕이 없는 목욕탕은 허전할 것 같아. 아주머니들이 뜨거운 온탕 속에서 벌겋게 달아오른 몸을 물보라를 일으키며 냉탕에 던지는 모습을 지켜볼 때면 묘한 쾌감을 느껴. 나는 언제쯤 저렇게 '서슴없이' 냉탕과 온탕을 자유롭게 드나들 듯 교실 안의 모든 것들을 놓고 쿨하게 퇴근할 수 있을까? 정말 중간은 어려운 것 같아.

그래서 나는 교직에서의 냉탕과 온탕을 오가는 연습을 하는 중이야. 열정과 냉정 사이에 중간 지점이 없다면 서슴없이 드나드는 쪽이 나을 것 같아서 말이지. 퇴근 시간이 되면 스위치를 끄기 전에 빈 교실을 한번 쓱 둘러봐. 그리고 스위치를 끄는 동시에 특수교사인 나를 그 교실 안에 넣어두고 오는 거야. 집에 돌아오면 학교의 모든 걸 잊으려고 노력하지. 우리 반 아이들까지도. 오늘 학교에서 어떤 일이 있었다 하더라도 일단 내일 일은 내일 생각해야겠다는 다짐을 해. 그렇게 하지 않으면 내일 다시 그 교실 문을 열기 싫어질지도 모르니까 말이야. 나를 위해서 뿐만 아니라 아이들을 위해서도 열정만큼이나 냉정의 시간은 필요한 것 같아.

진영

담임 하는
재미와 무게

한 학기 동안 열성을 다해 한 아이의 눈빛을 초롱초롱하게 만들어놓았는데(그랬다고 믿었는데) 방학을 집에서 보내고 다시 학교로 돌아오면 흐리멍텅해진 눈빛을 마주할 때가 있어. 우리의 도움이 필요한 아이들은 너무나 많고, 가정과 연계되지 않고 방임되는 아이들은 우리의 노력만으로는 역부족이야. 내 노력이 수포로 돌아간 것만 같아 맥이 풀리고 지칠 때 유리가 이 이야기를 들려주더라.

해변에서 타 죽어가는 수백 개의 불가사리들을 구하기 위해 하나씩 집어 바다에 던져주는데 아무리 노력해도 자기 눈에는 그 수가 줄어드는 것처럼 보이지 않는 거야. 자신이 하는 일이 아무런 가치가 없다고 느끼고 역량이 부족하다며 절망하고 있었는데 어떤 사람이 이렇게 말을 하더래. 네가 모두를 구할 수는 없지만 하나의 불가사리는 구하지 않았느냐고. 네가 바다로 던져 준 그 불가사리는 네 덕분에 살지 않았느냐고.

우리가 아이들 생 전체를 책임질 순 없겠지만 어느 한 시점에 영향을 주었던 건 사실이야. 네가 승연이에게 쏟았던 열정은 승연이 생에 큰 자리로 남아 있을 것 같아.

나는 올해에도 1학년 담임을 하면서 개성이 너무나 뚜렷한 스물세 명의 학생들을 만났어. 담임을 하면 학생들의 생활을 속속들이 관찰하니까 재밌는 에피소드가 많아. 최근에 가장 놀라웠던 사건은 '선함이 악함을 당황시키고 자기 쪽으로 끌고 가는 것'을 목격한 일이야.

재호는 옆 반 학생인데 나를 찾아왔어. 우리 반 현우 때문에 기분 나쁜 일이 있었다는 거야. 현우를 불러서 둘이 대화할 수 있는 자리를 마련해주었어. 다음은 여덟 살 아이들의 대화야.

재호: 네가 내 물통을 쓰러뜨리고, 우리 반 교실을 지나갈 때 열린 문틈으로 이상한 표정을 짓고 이렇게 하면서(양팔을 벌려 오랑우탕 흉내를 내며) 놀렸잖아. 그래서 기분이 나빠.

재호는 차분했고 또박또박 의사 표현을 했어. 현우는 평상시에 잘못을 해도 그런 적이 없다고 하거나 기억나지 않는다고 말해서 이런 대화에서도 늘 다툼이 벌어지곤 했어. 이번에도 마찬가지였어.

현우: 아니? 그런 적 없는데. 아니야. 난 안 그랬어.
재호: 네가 그랬다면 나는 너를 너그럽게 용서해줄 수 있어.

진영이가 송미에게

현우는 재호가 "네가 그랬잖아!"라고 다시 우기는 상황을 예상했을 테고 그러면 자신은 더 크게 "아니야, 난 안 그랬어!"라고 응수할 태세가 되어 있었는데 예상치 못한 재호의 반응에 조금 당황하는 눈치였어. 현우는 눈을 동그랗게 뜨고 조금 작아진 목소리로 대답했어.

현우: 안 그랬는데?
재호: 네가 그렇게 행동한 데에는 그럴만한 이유가 있었을 텐데. 혹시 우리 반 아이가 먼저 너에게 그랬니?

이때는 나도 당황하기 시작했어. 여덟 살 학생에게서 나올 수 있는 발언이라 예상할 수 없었으니까. 계속 지켜보는데 흥미진진했어.

현우: 아니.

현우는 점점 재호의 페이스에 말리기 시작했어.

재호: 아, 그러면 너는 그냥 재미로 장난을 친 거구나.

재호가 또 다시 예상 외의 말을 하자 현우는 그만

"응."이라고 대답을 해버렸어. 자신이 그런 행동을 했다는 것을 시인해버린 거지.

나는 재호가 영민하게 차려놓은 식탁 위에 숟가락을 얹었지.

나: 현우야, 그럼 이제 사과하면 되겠네. 용서해준대.
현우: (머뭇거리다가) …미안해.
재호: 응. 다음엔 그러지 마.

그렇게 사건이 종료되었어. 아주 순조롭고 평화롭게. 이 과정을 지켜보면서 얼마나 놀랍고 재미있던지. 아이들의 기발한 일상을 지켜볼 수 있는 것은 담임의 특권 중 하나지. 하지만 늘 이렇게 재밌지만은 않은 것도 담임의 현실이야.

생활지도와 상담이 하루에도 수십 건씩 벌어지기도 해. 며칠 전에는 우리 반 지호와 동욱이가 잔뜩 겁을 먹은 얼굴로 와서는 자신들이 운동장에서 작은 돌을 집어서 유치원 창문으로 던지다가 그만 유리창을 깨버렸대. 확인을 해야 하니 둘을 데리고 사고 현장으로 같이 갔어. 창문은 멀쩡했어.

진영이가 송이에게

나: 이 창문이 맞아요?

지호: 네….

나: 어디가 깨졌는데요?

동욱: 저기요. 저기 깨졌잖아요.


동욱이가 가리킨 쪽을 보니 방충방이 찢어져 있는 곳이었어. 동욱이와 지호는 그 흉터를 보고 유리창이 깨진 줄 알고 겁을 잔뜩 집어 먹고 울음을 터트리는 거야. 울음을 터트린 아이를 데리고 돌아가면서 터져나오는 웃음을 참아야 했어. 하루하루가 사건의 연속이지만 말썽을 부려도 엉뚱한 포인트가 있어서 웃게 돼. 이런 사건들을 지켜보고 지도하고 웃고 추억할 수 있는 건 내가 담임이기 때문인데 담임을 계속하다 보면 지치는 순간이 반드시 와. 담임은 반 아이들을 책임져야 하는 무게를 감당해야 하기 때문이야. 나를 버겁게 하는 학생들을 만나기도 하고, 나와 합이 맞지 않는 학생들을 만나기도 하고, 상식적으로 이해할 수 없는 양육 책임자를 만나기도 하지. 담임이라면 내 반의 아이들을 보고 모른 척할 수 없으니까 담임의 역할이 지속될수록 나를 소진하게 돼. 그럴 때는 꼭 충전의 시간이 필요해.

앤 모로 린드버그의 『바다의 선물』에서는 여성이 모든 것을 내어주다가 소진되어 버리기 때문에 충전해야 하는 필요성에 대한 이야기를 하는데, 나는 담임교사가 여기서 말하는 여성과 같은 존재라고 생각해.

여성은 끊임없이 자기 자신을 쏟아버리고 싶어 한다. 아이와 남성과 사회에 대한 영원한 양육자로서 여성이 가진 본능은 그녀에게 자신의 모든 것을 바치라고 요구한다. 그리하여 여성의 시간과 에너지, 창조적인 능력은 기회가 주어진다면, 그리고 흘러들 틈새만 있으면 주저없이 그 속으로 흘러 들어가고 만다. (앤 모로 린드버그, 이성훈 역, 이유경 사진, 『바다의 선물』, 바움, 2003, 62쪽)

뭔가를 주는 일이 의미를 지니게 될 때, 여성이 지닌 자원은 쉽게 고갈되지 않는다. 자신을 고갈시키는 행위에도 불구하고, 베푼 만큼 스스로를 다시 채워가는 것이 곧 자연의 섭리이기 때문이다. 주면 줄수록 줄 것이 더 많이 생기는 법이다. 어머니의 젖이 그러하듯. (같은 책, 66쪽)

주는 것이 여성의 역할이라면 여성 역시 다시 채워져야 한다. 그런데 어떤 방법으로?(같은 책, 67쪽)

진영이가 송이에게

내어주는 일을 하다가 지쳐버린 담임교사들에게 필요한 것은 '거리'야. 열정적인 동료교사들 중에 앓아눕는 교사들이 있어. 그들과 상담을 할 때 나는 잠시 담임의 일에서 거리를 두는 시간을 추천해. 그 방법 중 하나는 전담교사가 되어 교과만 가르치거나 장기심화연수 같은 연수를 신청해서 연수원에 다녀오는 거야. 학생의 생활지도와 상담, 그리고 양육 책임자와의 관계에서 잠시 벗어날 수 있어. 나에게도 나를 모두 소진해버렸던 시기가 있었어. 그때 잠시 전담교사가 되어 담임의 책임에서 벗어나 비워진 것들을 채워갔어. 그 시간들이 있었기에 지금 다시 담임을 맡아서 나를 내어줄 수 있는 거야.

초등교사들은 잠시나마 거리를 둘 수 있는 방법이 있는데 특수교사들은 어떻게 채우는 시간을 가져? 소진되어버릴 수도 있고 권태가 찾아올 수도 있을 텐데….

송이

교육우울증,
권태기

나는 특수교사의 권태기를 줄여서 '특태기'라고 불러. 흔히들 5~6년 차쯤 되면 그런 시기가 온다고들 하잖아. 신규 시절에는 모든 일이 서툴고 처음이라 정신없이 시간이 흘렀지만, 5~6년 차가 되면서는 어느 정도 일이 손에 익으니 반복되는 일상이 슬슬 지겨워질 시기이기도 하거든. 임용고시만 붙으면 여한이 없겠다던 간절함도 희미해져가고, 교단생활이 원래부터 내 것이었던 것처럼 착각하게 되는 순간이 올 때가 있어. 그때부터 권태기는 몇 년에 한 번씩 주기적으로 찾아왔던 것 같아. 민원이나 사고 없이 무사히 아이들을 하교시키고 텅 빈 교실에 앉아 창밖의 하늘을 보면서 문득 이런 생각이 드는 거야.

'아, 이 일을 계속해도 되는 걸까?'

나는 이런 생각을 사건 사고가 없는 해에 하게 되더라고. 불꽃놀이처럼 사건 사고가 빵빵 터지는 시기에는 권태로움을 느낄 여유조차 없거든. 직장인이라면 누구나 한 번쯤은 퇴사를 꿈꿀 거야. 하지만 권태기의 '그만두고 싶다'는 그것들과는 달라. 일이 고통스럽게 힘들어서도 누군가에게 분노에 차서도 아니거든. 권태기는 적당한 평화로움에서부터 시작되는 것 같아. 여기서 말하는 '적당한 평화로움'이란 이런 거야. 어제도 일어난 일이 오늘도 또 일어나는 것, 힘들기는 하지만 괴로울 정도까지는 아니어서 포기하기에는 어중간한 일들 말이야. 매일 아침 출근을 하면, 곧 학생들이 차례로 교실 문을 열고 들어오고 나는 어제도 엊그제도 했던 말들로 하루를 시작해. "가방에서 숙제 꺼내고 숙제 책상에 올리자." "손 씻고 우유 먹어야지." "책 펴세요. 아니 그 책 말고. 그렇지. 연필은 꺼내세요. 지우개도 같이 가져오려면 필통을 통째로 가지고 와야지." "사인펜 뚜껑은 닫아야지. 어? 갑자기 소리를 지른다고 선생님이 봐주지 않아." "자리에 앉으세요. 일어나지 말고, 선생님 봐야지?"

눈 깜짝할 사이에 옆 친구의 물건을 망가뜨리고, 바닥에 드러누워 좀처럼 일어나려고 하지 않고 울거나, 옷에 볼일을 본다거나, 갑자기 손을 뿌리치고 운동장 반대편으로 도망을 가버리는 일들도 하루의 일과 사이사이에 이벤트처럼 끼어 있지만 늘 있는 일이거든. 획기적인 일을 하고 싶어서 교사가 된 건 아니지만, 내가 교사인지 보모인지 애매한 패턴으로 17년 이상을 반복하고, 앞으로도 20년은 이렇게 반복해야 한다고 생각하면 숨이 턱하고 막힐 때가 있어. 어제가 오늘 같고, 내일도 어제 같을 거란 말이지. 특히 특수교육은 학생들의 변화가 눈에 띄게 달라지는 일이 드물거든. 분명 매일 조금씩 달라지고 있는 건 머리로는 알겠지만, 그 미묘한 차이가 눈에

송이가 진영이에게

당장 보이지 않으니 대체 내가 하고 있는 일이 무엇일까 의구심이 들게 되는 거야. 그렇게 특수교사의 일이 대단하지 않아 보인다고 생각하는 순간이 바로 나에게는 '특태기'가 찾아왔다는 신호야.

특수교사를 하면서 몇 가지 생긴 습관이 있는데, 그중 하나가 용변을 항상 급하게 본다는 거야. 교실에 학생들만 두고 화장실에 다녀와야 할 때가 있거든. 그럴 때는 마음이 급해서 1초라도 단축시키기 위해 방광에 힘껏 힘을 줘서 볼일을 보게 돼. 일어나자마자 속옷과 바지를 한 번에 끌어올리며 그와 동시에 화장실 문을 박차고 뛰쳐나와 교실로 달려가. 어느 순간부터는 퇴근 후 집에서도 이렇게 허겁지겁 용변을 보고 있더라. 그렇게 딴에는 아등바등 살아간다고 생각했는데 누구 하나 알아주는 이가 없을 때면(꼭 알아달라고 이 일을 하는 것은 아니지만) 내가 이 자리에 꼭 필요한 존재일까? 하는 생각에까지 이르게 되는 거야. 사춘기 시절에 삐딱한 마음처럼, 특태기는 나의 사명감까지 쓸모없게 만들어버리는 아주 무서운 존재야.

일반교사와 달리 특수교사의 세계에는 전담이라는 자리는 없어. 하지만 전담과 비슷한 근무가 있기는 해. 일반교사들과 달리 특수교사들은 특수학교, 특수학급

외에도 교육 지원청에 있는 특수교육지원센터로도 발령이 날 수 있거든. 교육 지원청에서 일하게 되면 일반 교사의 전담처럼 그 지역의 특수학급으로 순회교육을 나가는 거야. 다들 좋아하지는 않는 자리야. 순회교육뿐만 아니라 그 지역의 모든 특수학급의 서류 업무와 관리를 함께 해야 하니 일이 많거든. 아! 어쩌면 이 일이 '특태기'를 극복하는 방법은 될 수도 있겠다. 그곳에서 일하다 보면 특수학급에서의 생활이 절실히 그리워지니까 말이야. 나에게 소속된 우리 반 학생이 있고, 학교 안의 내 교실과 내가 전적으로 할 수 있는 권한이 있다는 것이 얼마나 소중한지를 깨닫게 돼. 그 방법이 아니라면 특태기에 돌연 휴직이나 퇴사를 해서 학교를 벗어나 본다면 이 자리가 얼마나 소중한지 알 수 있기는 하겠다. 하지만 그만둘 수도 그만두어서도 안 되는 걸 잘 아는 나에게는 그런 배포는 없어. 그러니 열심히 이 일을 해야만 해. 특태기는 일종의 우울증이니 내가 원해서 생기는 마음이 아니잖아. 가끔 이런 시기가 돌아와 심드렁한 마음으로 학생들을 대하는 건 학생들뿐만 아니라 나에게도 큰 고역이야. 꾸역꾸역 출근하고 퇴근 시간만을 기다리는 마음을 행여 학생들이 눈치채지는 않을까 하는 죄책감이 들거든. 만약 이 시기가 오랫동안 지속되면 어떻게 하지? 그래서 결국 내가 특수교사를 내 일이라

송이가 진영이에게

도 그만둔다면 말이야, 나는 무슨 일을 하면서 먹고 살 수 있을까? 일단 금수저가 아니라서 내일 이 일을 그만 둔다면 당장 다음 달부터 메꿔야 할 대출금 걱정부터 할 수밖에 없는 것이 현실이야.

너무 행복에 겨워지면 오늘의 행복을 잊게 되는 것 같아. 숨이 벅차오르지 않을 정도의 평범한 행복이 지속되면 딴생각을 하게 되거든. '다른 직업들은 얼마나 재미있을까? 학교 안에서만 해도 그래. 나를 제외한 모든 사람이 부러워져. 나는 종일 학생들과 몸으로 씨름하고, 일일이 모든 것을 챙겨야 하고, 일방적인 잔소리만 해대는데 일반교사들은 학생들하고 대화가 가능하니 얼마나 재미있을까. 행정실의 주무관님처럼 책상에 앉아 행정업무를 처리하면 학생들에게 떽떽거리지도 않아도 되니 편하지 않을까(그런데 진짜 일을 바꿔서 하라고 하면 아마 나는 하루도 안 지나 소리를 지르며 특수학급으로 달려갈 걸). 세상에 쉬운 일이 없다는 걸 잘 알지. 그럼에도 다시 사춘기 시절이 돌아온 것처럼 타인의 단편적인 면만 부러워지는 건 인간의 본능인가 봐. 아마 다른 사람들이 나를 보았을 때도 이런 생각을 하겠지? 주변에서는 나의 직업이 교사라고 하면 월급도 많이 받고, 안정된 직장이라고 부러워하거든. 교사가 되고 난 후 안정이 된 것은 맞아. 하지만 안정은 가끔 나에게 독이 되기도 해. 다들 급변하는 세상에 맞춰 활기차게 살아가는데 내 직업은 그야말로 '안정'만을 추구하거든. 튀면 안 돼. 너무 튀는 행동이나 생각을 하게 되면 자칫 민원이 들어올 수 있으니까 말이야. 항상 보통의 존재로 단정하고 착실히 학생들만 가르치길 원해. 조신하게, 마치 양갓집 규수 같이 말이지.

육아 우울증은 경력단절로 집안 살림만 하는 주부(성별을 막론하고)에게만 오는 게 아니었어.

임송이가 아니라 '임송이 선생님'으로 살아가다 보면 모든 면에서 주변 사람들을 실망시키지 않아야 한다는 생각에 사로잡히게 돼. 양심에 찔리지 않게 열심히 수업했고, 학생들을 잘 관리하고 오늘도 사고 없이(민원도 없이) 무사히 학생들을 하교시키고 나면 일단 오늘은 안전하게 잘 지나간 셈이야. 오늘 처리해야 할 공문을 모니터로 바라보다 잠시 창밖의 하늘을 멍하니 보고 있으면 적당한 평화가 찾아와. 비록 권태기에는 설렘은 없지만 편안함은 있거든. '오늘도 무사히 지나갔구나.' 어깨에 들어간 긴장감이 풀리며 피곤이 몰려와. 이제 곧 퇴근이고, 집에 돌아가면 저녁 밥상에 맥주 한 캔을 곁들어 마시고 텔레비전 좀 보다가 잠이 들겠지. 눈을 뜨면 어제의 똑같은 일이 반복될 거야. 오늘도 제발 학생들에게, 학부모에게, 동료와 관리자와 아무 문제없이 무사히 지나가기를 바라는 마음으로, 돌덩이 같은 마음으로 교문을 들어서는 거야. 더불어 어서 이 특태기도 지나갔으면 하는 바람도 함께 말이지. 특수교사라서가 아니라 아마 모든 월급쟁이들이 가지고 있는 생각이겠지만, 가끔 나는 치열하게 경쟁하며 얻은 이 생활이 과연 내가 바라던 행복한 삶일까 하는 생각이 들어. 월경 주기처럼 찾아오는 이 특태기는 과연 몇 번이나 더 찾아오게 될까. 그리고 나는 어떻게 이 시기를 현명하게 지나갈 수 있을까.

진영

비밀스러운

삶을 살아

주말이 되면 파도가 오나, 안 오나 파도 차트를 열어 봐. 서핑은 파도가 오셔야 할 수 있으니까. 이번 주말에 파도가 왔어! 파도님을 맞이하러 갔더니 파도만 온 것이 아니라 먼 데서 서퍼들도 왔더라. 바다는 이미 서퍼들로 가득했어. 서퍼가 많으면 경쟁이 치열해. 서퍼들과 눈치게임을 하면서 내가 탈 파도를 골라야 하고 서로 부딪치는 사고도 종종 일어나. 바다에서만큼은 경쟁하고 싶지 않은데….

바다 위에 둥둥 떠 명상에 잠기고 싶고, 파도가 오면 눈치 보지 않고 파도와 함께 가고 싶어서 친구와 나는 잘 알려지지 않는 해변을 찾아갔어. 도착해 보니 바다에는 아무도 없더군. 캠핑하러 온 가족 두어 팀과 낚싯대를 드리우고 앉은 사람 몇 명만이 띄엄띄엄 보일 뿐.

수평선을 바라보니 파도가 오고 있었어. 완벽한 건 아니지만 즐길 만한 파도였어. 우리는 곧장 파도를 향해 바다로 뛰어들었어. 이 파도는 온전히 내 것이야. 실패해도 괜찮아. 파도는 또 오고 있고 그 파도도 내가 탈거니까. 그런 파도 위를 달리는 기분이 얼마나 좋은지 몰라.

홀로 하는 스포츠라서 서핑을 좋아하게 됐는지도 몰라. 파도에게 온전히 나를 맡기는 순간은 모든 잡념이 사라지거든. 시를 쓸 때 백지를 마주하는 기분과 같아.

시가 쓰이기 시작하면 몰입의 순간으로 진입하면서 황홀감을 느끼는데 바다 위에서도 파도와 함께 몰입의 황홀감을 느낄 수 있어.

몰입은 혼자 있을 때 가능해. 언제부턴가 홀로 있는 시간이 귀하게 느껴졌고 고독을 일부러 찾는 사람이 되었어.


교사가 되고 4년 동안은 작은 학교에서 근무했어. 작은 학교에서는 사생활이 거의 없다고 봐야 해. 좋은 사람들과 근무하게 되면 끈끈한 동료애가 생기지만 반대로 맞지 않는 사람들과 함께라면 지옥이 따로 없지. 큰 학교로 전근을 간다고 해도 춘천교대 출신들이 주로 근무하는 강원도 내에서는 숨을 데가 없어. 한 다리 건너면 내가 어떤 교사인지 어떤 사람인지 알아낼 수 있으니까.

나를 전혀 모르는 곳에 가서 새로 태어난 기분으로 살고 싶어질 때가 있잖아. 내게도 그런 때가 왔어. 다른 환경, 다른 장소로 훌쩍 떠나고 싶었어. 타시도 파견을 결심했지! 방랑의 삶이 내 운명인 걸까. 다들 안 될 거라고 했는데 길은 열렸어.

인천 송도의 어느 학교에 근무하던 선생님이 강원도 주문진으로 파견 신청을 낸 덕에 그 자리에 내가 들어갈

진영이가 송이에게

수 있었어. 제주에서 와서 강원도 시골학교에 근무하던 나에게 인천 송도는 '도시'였어. 당시 송도는 서울만큼 인프라가 잘 구축되어 있었지만 붐비지는 않았지. 그 점이 마음에 쏙 들었어. 파견 교사로 영어전담을 맡았고, 나에 대해 전혀 모르는 사람들 속에서 꿈에 그리던 새 출발을 시작했어.

이방인의 느낌이 좋았어. 내가 어떤 사람인지 알려지지 않은 곳. 난 그저 강원도에서 온 낯선 교사일 뿐이었어. 담임도 맡지 않았으니 양육 책임자와 접촉할 일도 거의 없었지. 카페에 혼자 앉아 글을 쓰면서 이 동네에 나를 아는 이가 없다는 사실이 주는 자유를 만끽했어. 재즈댄스 학원, 원어민과 함께하는 영어스터디 모임, 다양한 레스토랑과 영화관, 쇼핑센터 등 누릴 수 있는 게 너무 많았지. 예전의 내가 자연 예찬론자였다면 이때에 나는 비밀스러운 삶을 영위하게 해주는 도시 예찬론자였어.

도시가 주는 행복감에 젖어 있을 때 장그르니에의 『섬』에서 마치 나의 이야기인 듯한 문장을 읽게 되었어. 데카르트가 암스테르담에서 영위했던 생활이 바로 이런 것이었다는 거야.

"억세고 활동적인 데다가 남의 사정에 궁금해하기보다는 자기 일에 더 골몰하는 그 대단한 백성들의 무리에 섞인 채, 사람의 왕래가 가장 잦은 대도시가 갖추고 있는 편리함은 골고루 다 누려가면서 나는 가장 한갓진 사막 한가운데서 사는 것 못지않게 고독하고 호젓한 생활을 할 수 있었다." 데카르트의 선택은 적절한 것이었다. 그는 생활을 완전히 개방해놓음으로써 정신은 자기만의 것으로 간직할 수 있었다. (장 그르니에, 김화영 역, 『섬』, 민음사, 1993, 79쪽)

고독하고 호젓한 생활은 글 쓰는 분위기를 만들어주었어. 시를 쓰려면 고독 속에서 몰입하는 시간이 필요하거든. 그때야 비로소 나는 작품다운 작품들을 쓸 수 있게 되었어. 습작들이 하나둘 쌓여가기 시작했지. 습작시들이 쌓여가는 것은 비밀스러운 시간이 쌓여가는 기쁨이었어. 장 그르니에의 말이 맞아. 하나하나의 사물을 아름답게 만드는 것은 '비밀'이야. 비밀이 없이는 행복도 없다는 것.

서퍼들은 자기들만 아는 해변을 갖고 있었어. 좋은 파도를 찾아 미지의 해변을 탐험하는 개척자들이지. 그들은 숨겨진 해변을 발견하면 지형을 탐색하고 조류와 스

진영이가 송이에게

웰을 확인하고 들어오는 파도를 관찰해. 사전조사를 마치고 파도를 탈 수 있는 곳으로 판정을 내리면 보드를 들고 바다로 기쁘게 뛰어들어. 오랫동안 자신만의 바다를 즐기는 거지.

잡지를 통해 서핑하기 좋은 해변 리스트가 공개되었어. 서퍼들은 분노했지. 난 그 심정 이해해. 아무도 들어가지 않은 바다의 거친 파도를 타는 황홀감에 매료된 사람들이니까. 우리나라에서도 유튜버가 파도가 잘 들어오는 곳을 소개하면 그 해변은 금세 서퍼들로 붐벼. 그전까지 그곳을 애용해온 서퍼들은 다른 곳을 찾아 떠나게 되지. 사람들이 붐비지 않지만 좋은 파도가 들어오는 해변이 동해에 아직 남아 있을 거야. 제주도에서 서핑하는 친구들도 아직 알려지지 않은 장소를 찾아다녀. 그런 곳이 부디 오랫동안 숨겨진 채 있기를 바라. 나도 나만의 파도를 타는 기분을 되도록 길게 간직하고 싶어. 내 시크릿 해변도 알려지지 않길 바라. 동시에 누구나 그런 비밀 해변 하나쯤, 간직하기를 바라. 너도 너만의 비밀 장소가 있겠지?

송이

타인으로

살아본다는 건

비밀스러운 삶이라…. 아무도 아는 이가 없는 곳에서의 자유가 어떤 건지, 나도 잘 알지. 일단 나 역시 학교를 옮길 때면 굳이 집과 거리가 있는 곳을 선택하게 되니까 말이야. 퇴근 후에는 교사가 아닌 나로 돌아오고 싶은데 행여 같은 아파트 주민으로 학부모나 학생을 만나기라도 해 봐. 쓰레기를 버리러 갈때도 혹시 모를 만남을 대비하여 늘 옷 매무새를 정돈하고 다녀야 한다는 생각만으로도 불편하지. 교사의 삶을 사랑하지만 24시간을 교사로 살고 싶지는 않아. 퇴근 후에는 교사라는 외투를 벗어두고 싶어.

어제는 퇴근 후에 공연이 있었어. 10년 전 기타 동아리에서 너를 만났을 때만 해도 기타를 가야금처럼 둔탁거리며 치던 내가 노래를 만들고 공연을 하고 있을 줄이야. 지금은 남편이랑 함께 음악을 하고 있어. 물론 둘다 음악을 엄청 잘하지는 않아. 좋아할 뿐이지. 그나마도 아이가 생긴 후부터는 여유가 없어졌어. 어쩌다 공연의 기회가 생기는데(대개 무료공연이지만), 무명의 음악가들에게는 공연의 기회란 많지 않거든. 그럴때면 두 돌도 안 된 아기를 업고 기타를 치며 무대 위에 노래를 부르기도 했었어. 우리는 함께 음악을 하지만 같이 노래를 부르는 일이 드문데 한 명이 무대에 오르면 남은 한 명이 아이를 돌보아야 하기 때문이지. 그렇게 번갈아가며 아이를 돌보면서 공연을 하다 보니 이제는 아이도 엄마, 아빠의 공연이 있는 날은 당연히 함께하는 줄 알아. 곧잘 우리의 노래를 따라 부르기도 해서 아예 팀원으로 넣어주자며 최근에 우리는 셋이서 밴드를 결성했어. 밴드 이름은 '유기농 밴드'야.

일체의 화학비료를 사용하지 않고, 자연적인 자재만을 사용하는 농업이 유기농이잖아. 우리 역시 일체의 기교를 사용하지 않고 순수한 재료(생 목소리와 우리들의 이야기)로 노래를 만드는 밴드거든. 유기농 채소에 벌레가 많다고 해서 정성을 안 들인 것은 아니듯이 우리도 잘하진 못해도 열심히는 하고 있어. 이 밴드에서 석초딩(남편)은 '유치함'의 '유'를 담당하고, 석봉(아들)이는 '기(귀)여움'의 '기'를, 마이쏭(나)은 '농담'의 '농'을 맡고 있어. 올해 아이가 다섯 살이 되니 마음의 여유가 생겨서, 요즘은 그동안 만들어두었던 곡들을 녹음하고 만들고 있단다(음원사이트에 '마이쏭' 혹은 '석초딩'이라고 검색하면 들을 수 있어).

최근에 시골육아에 대한 이야기를 책으로 냈거든. 어제는 읍내 있는 단골 카페에서 조촐한 출간 기념 공연을 열었어. 공연 준비를 위해 남편이 차에 음향기기를 싣는 동안, 나는 저녁을 챙기며 아이를 돌봐. 각자 맡은 일을 하는 거지. 그렇게 우리는 해보고 싶은 것이 있으면 일

송이가 진영이에게

단 직접 해보는 편이야. 누가 불러주지 않으면 직접 공연을 기획하기도 하고, 책도 우리가 직접 만들어보는 거지. 처음에는 출판사로 투고 메일을 보냈었는데, 출판사들에서 하루에도 서너 통씩 메일이 오더라. 정중한 거절이 담겨 있는 메일로 말이야. 내가 보낸 메일만 해도 100통이 넘었는데 결국 이 책은 그 어떤 출판사의 선택도 받지 못 했어. 우리가 직접 자비출판사를 통해 만들었지만, 나는 이런 예상치 못한 기대와 궁금증이 바로 삶의 활력소인 것 같아. 경험해보지 못했던 길을 직접 가보는 것, 경험을 통해 또 한 번 세상에 쉬운 일은 없다는 것을 느끼고 있는 순간, 나는 내 본업을 더 소중하게 생각하게 되거든.

아이 낳기 전에는 이렇게까지 간절하게 무엇을 해야겠다는 생각이 없었던 것 같아. 성실하게 일하고, 퇴근 후 집으로 돌아와 맥주 한 잔 마시며 밀린 드라마를 보는 것 정도로도 충분했었으니까. 하지만 그런 생활이 항상 즐겁지만은 않다는 것이 문제야(지난번에도 말했지만 익숙한 평화에는 권태기가 찾아오거든). 가끔 나는 나의 삶 전체가 '교사'가 될까봐 두려울 때가 있어. 나는 교사이기도 하지만 '임송이'이기도 하잖아. 집 앞에 쓰레기를 버리러가면서까지 '선생님'으로 존재하기는 싫은 거야.

처음에는 일방적으로 다가오는 이런 기분(권태기)을 묵묵히 견디기만 했었지. 하지만 언제 지나갈지 모르는 권태기를 마냥 받아들일 수는 없겠더라고. 적어도 월경은 기간이라도 정해져 있는데, 권태기는 기약이 없거든. 스스로 이겨낼 수밖에 없다는 것을 깨달았어. 권태기가 오면 당연한 것들에도 불평을 쏟게 돼. 추울 때는 따뜻한 곳에서 일하고, 더울 때는 시원한 곳에서 일할 수 있음을 감사하는 마음은 잊고, 남을 부러워하게 되는 거지. 반복되는 일을 벗어나 새로운 일을 하고 싶어져. 나는 이 일 말고도 뭐든 잘할 수 있을 것 같다는 근거 없는 자신감이 막 생겨나는 거야. 어리석은 생각들임을 뻔히 알면서도 떨쳐버릴 수 없을 때가 있어.

'그만두고 카페나 한번 차려볼까? 음악을 들으며 우아하게 커피를 마시면서 손님을 기다리는 카페 주인이 되고 싶어. 손님이 없을 때는 좋아하는 책을 실컷 읽을 수 있으니 좋을 것 같아. 혹은 전업 음악인도 좋을 것 같고 말이지. 공연이 없는 날은 음악을 만들며 여유롭게 사는 거지.' 이런 생각들이 들 때는 정말 이 일들을 해보는 게 답이야. 물론 겸직이 안 되니 교사를 그만두기 전에는 불가능해. 하지만 시뮬레이션이라는 것도 있잖아. 주변에 다양한 직종의 친구들을 만나 그들의 삶을 가까

송이가 진영이에게

이서 관찰하는 거지. 바쁠 때는 무보수로 일손을 거들기도 해. 한번은 친구네 식당 홍보를 돕느라 인형 탈을 쓰고 전단지를 나눠준 적도 있었어. 그렇게 간접적으로나마 타인의 삶을 살아보는 것. 그것이 나의 권태기 극복법이야.

그렇게 며칠을 속속들이 관찰하고 나면 '카페나 한번'이라는 말은 쏙 들어가. 나의 경솔한 발언을 후회하게 되지. 카페, 식당, 음악인, 책방, 꽃집, 회사원, 프리랜서 등 어느 직종도 쉬운 일은 없었어. 손님이 없으면 적자에 시달리고, 손님이 많으면 체력이 부족해. 자유로워서 부러웠던 프리랜서에게는 상사만 없는 것이 아니라, 안정적인 월급도 없다는 것을 깨닫게 되는거야. 물론 성공한 사람들도 있었지만, 정말 극히 일부에 불과해. 그 성공 또한 거저 얻어지는 것도 아니었으니 세상에 쉬운 일은 하나도 없는 것 같아.

그렇게 타인의 삶을 잠시 살아보고 나면 정신이 바짝 들어. 나는 그들처럼 커피를 잘 내리지도, 디자인을 잘하거나 꽃을 능숙하게 다루지도 못해. 결국 내가 가장 잘할 수 있는 일은 지금 내가 하고 있는 이 일뿐인 거지. 나는 우리 반 아이들 얼굴 표정만 봐도 알 수 있어. '슬슬 떼를 쓰려고 하는구나, 화장실이 가고 싶구나. 피곤한가?' 이런 걸 기가 막히게 잘 맞추거든. 지금도 그래. 책을 쓰는 과정 역시 절대 쉬운 일이 아니라는 걸 절실히 깨닫고 있어. 저녁마다 아이를 재운 후, 졸린 눈을 비비며 키보드 위에 손가락을 올린 채 풀리지 않는 글을 쩨려보고 있자니 '아! 역시 나는 특수교사가 제격이구나!' 다시 한 번 느끼게 되었지.

점심시간을 기다리며 오전을 살아가고, 퇴근 시간을 기다리며 오후를 버티는 여느 직장인들처럼, 우리라고 뭐 다를 게 있겠니. 평범하게 살다보면 불쑥 권태기는 또 찾아오겠지. 그럼 나는 또 잠시 특수교사라는 이 일이 시들해질 거야. 하지만 이제는 괜찮아. 내 권태기에는 설렘은 없지만 편안함은 있다는 것을 깨달았으니까.


아침마다 똑같은 일이 반복돼. 교실 문을 열고 들어가자마자 창문을 열어 환기부터 하고 아이들 수건을 교체해놓고, 책상을 소독하다 보면 창문 밖으로 등교하는 아이들의 소리가 들려. 그럼 나는 이렇게 말하지. "안녕하세요! 숙제 꺼내 놓고, 손 한번 씻자!" 가끔의 소동은 별일 아니라는 듯 익숙하게 처리할 수 있어. 40분 간격의 수업을 준비해둔 대로 능숙하게 해나갈 거야. 아이들의 표정만으로도 다음에 일어날 일을 예상하고, 소소하게 벌어지는 크고 작은 일들도 경험을 바탕으로 적절히 해결해나가겠지. 아이들을 하교시키고 나면 커피 한 잔을 마시면서 남은 업무를 부지런히 마무리하고, 오늘은 퇴근해서 뭘 먹을까 하는 즐거운 고민은 덤이야. 교실 문을 나서면서부터는 잠시 아이들을 잊을 거야. 적어도 내일 아침까지는 말이야. 그리고 다시 내일은 되면 새로운 마음으로 교실 문을 열어야지. 다시 어제와 비슷하지만 조금은 새롭게 아이들을 맞을 준비를 하고 싶어. 그렇게 나는 내 방식대로 권태기를 이겨내고 있는 중이야. 이번 권태기도 잘 지나가는 것 같아.

진영이 너는 요즘 어때? 이제 곧 여름이 다가오는데 네 안의 '한여름'은 잘 있는 거니? 나에게 불쑥 찾아오는 권태기처럼 너 역시도 이쯤 되면 불쑥 찾아오는 게 있을 텐데 말이야. 한곳에 정착하지 못하는 너의 방랑벽이 슬슬 도질 시기가 된 것 같은데?

진영

옆에 있다고 생각하면

있는 걸까

자전거를 타고 출근했는데 퇴근할 때가 되니 비가 내리네. 자전거를 실내에 넣어 놓고 우산을 쓰고 걸어가다가 크림라떼가 맛있는 카페에 들어왔어. 카페 한 구석에는 공연을 할 수 있는 자리가 마련되어 있어. 빗소리와 함께 '유기농 밴드'의 공연을 보면 좋을 것 같은 날이야. 유기농 밴드! 뚜렷한 색깔이 느껴진다. 각각의 글자가 가진 뜻도. 정말 작명 센스가 굳이야. 이렇게 찰떡같은 이름을 들었을 땐 그 작명 감각이 부러워.

맞은편에 서퍼의 무리가 보여. 차림새와 분위기로 그 사람 직업을 예측할 수 있잖아. 서퍼들은 특히나 한 눈에 알아볼 수 있어. 그들은 판초나 몸이 드러나는 옷을 간단하게 걸치고 조리를 신고 있어. 간혹 발목이나 어깨에 문신이 보이고 피부는 까무잡잡하지. 여자 한 명과 남자 세 명은 열대지방에서 지내다 온 사람처럼 새까맣게 탄 몸과 얼굴을 드러내고 있었는데 아직 유월인데도 벌써 그렇게 태닝을 했다는 사실이 얼마나 부러웠는지. 피부색으로 서퍼의 실력을 유추할 수 있을 정도로 까만 피부는 서퍼의 자부심이야. 그들을 살피다 보니 겨울 방학을 발리에서 보내고 까만 피부로 한국에 돌아왔던 때가 그리워.


나는 카페에 앉아 발리로 가는 비자를 알아보고 있어.

작년 2월, 발리에서 돌아올 때쯤 코로나가 퍼지면서 하늘길이 닫혀버렸어. 그 바람에 일 년 육 개월 동안 발리에 있는 남자친구를 못 만나고 있어. 국제 커플들은 견우와 직녀처럼 생이별을 경험하고 있어. 국경의 벽이 얼마나 높은지 실감하게 된 거야. 비자 발급이 중단되었고 자가격리도 해야 하고 비행기가 뜨지 않기도 해. 인도네시아 사람이 한국에 방문하는 건 더 어렵기 때문에 내가 갈 방법을 찾고 있어.

우리는 방학에만 만날 수 있었어. 방학이 되면 내가 발리로 떠났어. 길면 한 달, 짧으면 2주 정도를 함께할 수 있었는데 삼 년 동안을 그렇게 연애하다가 이제 정말 오랫동안 함께하고 싶다는 생각이 들었어. 그가 한국에서 와서 지낼 계획을 세우고 있었는데 팬데믹이 되어버린 거야(가끔 이렇게 내 운명이 두려울 때가 있어. 누군가와 함께하고 싶다는 강한 열망이 생길 때 혼자가 되는 경험을 하거든).

영화 〈her〉(스파이크 존스 감독, 2013)를 봤을 때 그런 사랑이 가능할까 의심했어. 육체도 실체도 느껴지지 않는 지능과 목소리를 사랑할 수 있을까. 그런데 지금 내 연애가 그것과 별반 다르지 않아. 다른 점이 있다면 나와 그는 제3의 언어로 대화를 나누기 때문에 깊고 다양한 대화를 나눌 수도 없다는 거야. 그는 실체가 있어. 영상통화 화면으로 눈빛을 오래 바라볼 수 있고 예전에 그의 육체를 만져보기도 했으니까. 손가락에는 그 감각이 남아 있어서 그리움이 커질 뿐이야.

결혼 제도의 당위성을 찾을 수가 없어서 누군가와 함께 살더라도 혼인 신고를 꼭 해야 하나 싶었는데 우리 같은 국제 커플에게 혼인 증명서의 힘은 절대적이야. 다양한 가족 형태를 인정하는 법안을 통과시켜야 한다는 주장에 더욱 공감하게 되었지. 법적 배우자가 아니면 동거인이 급히 수술해야 하는 상황에서도 수술동의서에 사인할 수 없다고 하잖아. 가부장적 결혼제도의 문제점이야. 팬데믹 시대가 지속된다면 국제 커플은 어떻게 만나야 할까.


대사관 홈페이지에 올라온 공문서를 읽어보고, 직접 대사관에 전화해서 문의도 해보았어. 현재 발리에 있는 사람들에게도 물어보고 비자 대행업체에 연락하며 이리저리 알아보니 여름에 발리에 가려면 방문 비자를 받아야 하고, 가더라도 자카르타에서 자가격리를 5일간 해야 한대. 음성 판정을 받으면 다시 비행기를 타고 발리로 갈 수 있어. 발리에서 한국으로 돌아오면 다시 2주 격리를 해야만 하니 발리에서 머물 수 있는 시간은 채 1주일이 되지 않아. 연가를 쓰면 최대 2주일을 머물 수 있을 거야. 변수를 감안해야 하니 만에 하나 자카르타에서 양성 판정을 받게 된다고 가정하면, 2주 자가격리 후 애인 손가락도 보지 못한 채 한국으로 돌아와야 하는 상황이 될 수도 있어. 혹은 어렵게 비자를 발급받고 떠나기로 되어 있었는데 확진자 접촉으로 떠나기 전에 2주 자가격리 대상자가 되는 최악의 상황이 발생할 수도 있고.

못 마시는 커피를 홀짝이며 정보를 빼곡하게 적어놓은 다이어리를 봐. 아무래도 좀더 기다려야 할 것 같다는 생각이 들어. 백신을 맞고 '백신 여권'을 받으면 자가격리는 면할 수 있겠지? 그런 날이 오긴 하겠지?

작곡가 친구가 내 사연을 듣고 영감을 얻었다며 〈너에게 달려가〉(가제)라는 곡을 보내왔어. 가사는 내가 써야 한대. 벌써 두 곡의 가사를 보냈는데 죄다 그리움을 담은 가사야. 지금 내가 할 수 있는 건 넘치는 그리움으로 글을 쓰는 일뿐이네(노래가 완성되면 네가 불러주겠니?).

1년 반이나 애인을 만나지 못하다니! 6개월도 힘들었는데 1년 반이라니! 이제 2년을 각오해야 한다니!

우리의 연애는 서로의 바다를 교환하는 연애야. 함께 있다고 상상하는 연애야. 영상 속의 얼굴을 어루만지며 느껴본 적 있던 실체를 다시 한번 느껴보는 연애야.

내가 있는 바다를 보여주면 그는 그가 있는 바다를 보여줘. 각자의 파도 위에서 서핑을 하고 보드 위에 앉아

진영이가 송이에게

함께 있던 시공간을 떠올리는 데이트.

파도를 타려면 양팔로 보드를 저으며 거친 파도를 넘어야 해. 파도를 탈 수 있는 지점은 그 이후에 나와. 거기까지 나아가야 해. 수많은 파도를 넘기고 좋은 파도가 오기를 기다렸다가 파도를 잡아타는데, 파도를 타는 시간은 길어야 15초야. 파도가 오래 지속되고 라이딩을 잘하면 파도 위에 좀더 오래 있을 수 있겠지만 길어야 1분도 안 될 거야. 그 찰나의 달콤함에 중독돼서 다시 바다로 뛰어들고 온갖 고난을 참아내는 거지. 파도가 세고 클수록 황홀감도 따라서 높아져. 그것이 생을 닮았어. 생은 고통의 연속이고 행복은 잠깐이잖아. 그 잠깐을 위해 오랜 시간을 버텨내잖아.

이 막막한 시간을 버텨내기 위해 바다로 달려가. 조용한 바다에서 마음껏 울기도 하고 부드럽고 매끄러운 파도 위에서 환희에 젖은 탄성을 내지르기도 해.

아무것도 할 수 없을 때는 다만 기다려야 한다는 걸 서핑하며 배웠어. 파도가 올 때까지 기다려야 해. 기다리면 언젠가 파도는 다시 온다는 걸 믿어야 해. 오늘 내가 인용하고 싶은 문장은 내 문장이야. 어떤 날에는 잊고 있던 내 문장에게서 위로받기도 해. 이 문장을 다시 읽으며 나의 운명을 맞이해.

산다는 것은 기다리는 일이었다.
기차역에서 기차를 기다리듯
공항에서 연착된 비행기를 기다리듯

어떤 것은 약속대로 왔고
어떤 것은 약속하지 않았는데도 왔고
어떤 것은 약속을 잊은 듯 오지 않았다.

그것은 사랑이기도 했고
행복이기도 했고
꿈이기도 했다.

아무리 기다려도 아무것도 오지 않는 날에는
시간이 지나가기를 기다렸고

다행히도 시간은 어김없이 지나갔다. (한여름, 『만나지 않은 것보다 만난 것이 더 좋았다』, 부비북스, 2017, 59쪽)

송이

사랑 앞에서 언제나

당당해지고 싶어

저녁 9시, 잠투정을 하는 46개월 된 아들을 한 손으로 토닥거리며 너의 글을 읽고 있어. 미혼일 때는 몰랐었는데 결혼하고 나니 타인의 사랑 이야기가 이렇게 달달할 줄이야. 게다가 국제연애라니! 와우!

실은 나 예전부터 네 남자친구가 외국인이라는 걸 알고 있었어. 가끔씩 SNS에 올라오는 사진 속에 애정이 담은 너의 마음을 짐작했었지. 난 그런 너의 솔직히 멋있고, 부러워. 대개 교사들은 연애를 숨기잖아. 나 역시도 그랬거든.

모든 사내연애가 그렇긴 해. 같은 직장에서 헤어지기라도 해봐. 사랑도 하기 전에 이별 후부터 생각하는 건 좀 그렇지만 행여 겪게 될 껄끄러움 때문에 대부분의 사내 연애는 쉬쉬하게 되잖아. 그런데 말이야, 그 어떤 직종의 사내 연애도 교사들의 사내 연애에 비하면 아무것도 아니야. 정말 사내연애의 불편함의 최고봉은 교사 집단, 특히 초등 교사들이 아닐까 싶어. 특수교사들(사범대를 나오는 경우)은 그나마 나은 편이야. 초등 교사들의 경우에는 그 지역의 교대를 함께 나와 대부분이 그 지역에서 임용고시를 치게 되잖아. 한 다리 건너면 선후배, 동기 사이이고, 학교와 지역을 일정한 시기마다 옮긴다고 하더라도 결국 도내를 벗어나지는 않으니 그야말로 도시 하나가 거대한 직장의 범주 아니겠니. 교대 4년부터 시작해서 직장으로 고스란히 이어지는 이 인연들은 그 옛날 누가 누구랑 사귀었었고, 누가 누구를 좋아했고 등의 수많은 연애담들이 있었을 거야. 그리고 그 이야기들은 그들을 아는 사람들의 입에서 입으로 전해지며 이어지지. 처음부터 작정하고 그런 이야기를 한다기보다는 교사들의 이야기는 대개 '기-승-전-학교'잖아. 그 어떤 이야기로 시작해도 결국 학교 이야기로 마무리가 돼. 사람들은 어쩜 그리 남의 연애사를 세세히도 잘 기억하는지 가끔은 교대를 나오지 않은 나 역시도 이름만으로도 나중에 "말씀(?) 많이 들었습니다." 하고 인사를 건넬 수도 있을 사람도 있어. 그러다 보니 이미 새로운 연애를 다시 시작했거나, 이제 막 결혼한 동료들 역시 피해가지 못할 때가 있지. 당사자들에게는 지난 사랑일 것이고 혹은 잊고 싶은 기억일 수도 있을 텐데 말이야. 그래서인지 교사들의 사랑은 특히나 더욱더 밀정처럼 비밀리에 쉬쉬 거리며 몰래 이루어지는 것 같아.

물론 나도 사내 연애를 했었지. 20대에는 같은 직종의 배우자를 만났으면 했으니, 나름 열심히(?) 직장 내에서 짝을 찾기 위해 노력했었거든. 하지만 남녀 성비가 맞지 않는 직장 내에서 영혼의 단짝을 찾기란 쉽지 않아. 그냥 직장에 있는 미혼 남자를 겨냥해서 나의 이상형을 맞추지 않으면 모를까. 아니, 사실 그것마저도 어려워. 그냥 직장 내 성비 자체가 불균형이야. 그러다 괜찮은 남교사가 나타나면 그야말로 보이지 않는 전쟁이 시작되고, 썸을 타기 시작하는 여교사는 공공의 적이 되기도 했지. 그때 나도 같은 학교 내 남교사와 비밀 연애를 시작했지만, 얼마 못 가 금방 탄로가 났어. 젊은 처녀, 총각일수록 학교 내에서 일거수일투족 관심의 대상이었으니까.

　모두의 관심을 한 몸에 받으며(?) 시작했던 연애는 2년도 채 안 되어 끝이 났어. 그 뒤 직장 안팎으로(?) 몇 번의 새로운 연애를 하고 또 헤어지기를 반복했으니 당연히 그때의 연애는 새로운 연애에 덮이고 묻히며 잊혀졌지. 몇 년이 흘렀을까, 우연히 당시 같은 지역에서 일을 하던 선배 교사를 만난 적이 있었는데, 뜬금없이 "그때 ○○○이랑 □□□랑 사귀었었지?"라는 말을 꺼내더라. ○○○은 내가 사귀었던 남자 교사였고, □□□은 다른 학교 특수교사였는데 아마 그 특수교사와 나랑 착각했나 봐. 굳이 그 자리에서 '아! 그때 ○○○이랑 사귄 사람은 바로 저였어요!'라고 정정하기도 민망해서 어떻게 해야 하나 고민하던 차에 자연스럽게 화제가 넘어갔지만, 그 뒤로부터는 나는 더욱더 직장 내 연애는 꺼리게 되었어. 굳이 노력해서 썸을 만들지는 않게 되더라고 (직장에서는 일만 하는 걸로!). 행여 사내 연애가 성공한다고 했더라도 혹시 나중에 (구)남자친구과 (현)남편이 같은 학교 발령을 받아 같은 학년이 되기라도 해봐. 하하. 상상만 해도 웃긴데, 진짜 그런 일이 있기도 하겠지? 그런데 예전에는 타인의 연애사를 줄줄이 꿰고 있던 직장 동료들이 희한하다고만 생각했는데, 지금은 조금 이해도 되는 것 같아. 지금도 봐. 나도 방금 전까지 너의 말랑한 연애 이야기에 설레었잖아. 아마도 누군가를 험담하려는 의도보다는 메마른 말랑말랑함을 대리만족해보고 싶었을 수도 있겠다 싶어. 어찌되었든 간에 지난 누군가의 아픈 사랑 이야기를 끄집어내는 건 예의에 어긋나는 일이니 앞으로 혹시 동료들의 지난 과거 사랑이 화두로 나온다면 나는 의리로라도 걸러서 듣지 않을 테야.

정말 어딘가에 '교직원 연애 실록'이라도 있지 않을까. 그 정도로 강력한 교직사회의 기억력 덕분에 나의 20대의 연애들은 '홍길동'처럼 했었어. 아버지를 아버지라고 부르지 못하고, 형을 형이라고 부르지 못하는 것처럼 애인을 애인이라고 부르지 못했으니까. 하지만 과거 연애들을 돌이켜 보면 지금은 너무 후회가 돼. 그땐 왜 그렇게 타인의 시선에 목을 맸을까. 잘못된 사랑을 하는 것도 아니고 누군가 사귀고 헤어지는 것은 모든 사랑에 당연할 수 있는 일인데도, 교사라는 이유로 이 또한 품

위에 어긋난다고 생각했던 거지 뭐.

아! 갑자기 아까 말했던 (모두에게 탄로 났었던) 20대의 사내 연애의 결말이 방금 막 떠올랐어. 원치 않았지만 모두의 관심을 한 몸에 받게 된 그 연애를 끝내자고 한 건 바로 나였어. 항상 친구들이 우선이었던 그에게 홧김에 던진 이별이었는데 어쩜 그리 기다렸다는 듯이 넙죽 받을 줄이야. 너무 당황스러워서 나는 울고 불며 매달렸지. 내가 찼는데 어째 내가 차인 기분이 들어서 분했거든. 그의 팔을 잡고 마스카라가 번지도록 엉엉 울던 나의 입에서 "그럼 다른 선생님들한테 헤어졌다는 말을 어떻게 해!"라는 말이 불쑥 튀어나오더라. 아…. 나는 그 헤어지는 것보다 학교에 알려질 이별 이슈를 더 무서워하고 있었던 거야. 그 역시 한참을 말이 없다가 그의 팔을 붙들고 우는 나에게 딱 한 마디 하더라.

"아, 아! 팔이, 팔이 너무 아파. 좀 놓고 이야기하자."

아니! 지금 팔 좀 세게 잡은 게 문제니? 내가 아무리 손아귀 힘이 세기로서는 지금 그게 그 상황에서 할 소리야? 결국 우리는 헤어지는 것보다 타인의 시선과 너무 세게 잡고 흔드는 팔이 더 아팠던 사이였던 거야. 지금이야 이런 이야기를 대수롭지 않게 해. 어쩌면 이 책을 남편이, 시가 식구들도 읽을 수 있겠지. 하지만 괜찮아. 사랑이 죄는 아니거든. 길에서 우연히 만나기라도 하면

욕이라도 한번 해주고 싶은 연애도 있었지만, 그 또한 내가 선택했던 것들이기에 후회는 없어. 단지 후회가 되는 건 나는 그때 사랑 앞에서 당당하지 못했던 것뿐이야. 대학교 시절부터 아르바이트 하나도 남의 이목을 생각하라던 담당 교수의 말처럼, 교사의 연애가 입방아에 오르내리는 것을 수치라고 스스로 생각했던 것은 아니었을까. 교직사회는 사랑마저도 정숙해야 한다니…, 이건 대체 어디서부터 잘못되어 내려온 생각일까.

소심한 나와 달리 교직사회에서도 당당히 사랑하는 교사들은 많아(너처럼). 행여 나처럼 생각하는 후배들이 있다면 나는 정말 얕고 넓게 정말 많이 누군가를 좋아해보고 사랑해보라고 하고 싶어(타인에게 피해가 가는 것만 아니라면 말이지).


그래도 나는 사랑의 힘을 믿는 사람이었기에, 몰래 열심히 연애했던 것 같아. 적어도 '교직원 연애 실록'에 실리고 싶지 않아 직장 밖에서 연애를 실컷 했었지. 한 8년 전쯤이었을까. 하루는 행복에 대해 올려놓았던 나의 블로그 포스팅에 한 남자가 자신은 가족들과 냄비에 함께 밥을 비벼 먹고 캔 맥주 하나 짠하는 게 행복이라는 댓글을 남겼어. 그 댓글이 너무 인상 깊었고, 나의 행복관과 비슷해서 참 괜찮은 가치관을 가진 사람이구

송이가 진영이에게

나 생각하며 스쳐 지나갔었어. 그때 나는 역시나 연애를 하던 중이거든(그러고 보니 나는 진짜 사랑에 참 부지런한 사람이었구나!). 몇 년 뒤, 나는 하나의 연애를 또 끝낸 상태였고, 비영리단체였던 단골 카페에서 한 남자를 우연히 만나게 되었어. 맞아, 아까 행복에 대해 적었던 남자가 바로 그 남자였어(중간에 닉네임이 바뀌어서 처음에는 동일 인물인지 몰랐었거든). 우리는 그렇게 만났어. 그리고 지금은 결혼 7년 차로 46개월짜리 아들 옆에서 그 남자도 곤히 자고 있구나. 진짜 행복을 아는 가난한 대학원생이었던 그 남자와 신분 상승을 꿈꾸는 자칭 속물이었던 나의 이야기는 다음 편지에 마저 쓸게. 지금 아들이 뒤척거리다가 깨버렸거든. 오늘은 나도 일찍 자야겠다. 너의 말랑한 사랑 이야기를 읽고 나니 괜히 대리만족이 되는 낭만적인 초여름밤이야. 히히. 이번 여름에 부디 안전하게 하늘의 길이 열릴 수 있기를! 나는 항상 너의 사랑을 응원해. 항상 그래왔듯이 언제나 지금처럼 사랑 앞에서 당당한 진영이가 되길.

진영       외로움에도 지지 않고

작년 우리 반 학생들의 러브 스토리는 흥미진진했어.

해나가 청소 시간에 하준이 볼에 뽀뽀를 했어. 깜짝 놀라서 왜 뽀뽀했냐고 묻자 "사랑하니까요!"라고 당당하게 대답하는 거야. 하준이에게 기분이 어땠냐고 묻자 좋았다고 대답하고. 코로나19로 친구들끼리 손을 잡는 것도 허용되지 않는 시기이기도 하고 뽀뽀와 같은 스킨십은 예민한 문제이기도 해서 서로 좋아하면 어떻게 해야 하는지 따로 지도해야 했어. 그날로 둘은 커플이 되었지. 그런데 하준이는 친절한 스타일은 아니었어. 아침에 등교하면 해나는 "하준아, 안녕?"하고 인사를 하지만 하준이는 세 번 이상 불러야 돌아보며 "'응, 안녕.'하고 건성으로 대답했어. 얼마 후에 해나는 하준이와 헤어지고 건우를 만났어. 건우는 종이접기 할 때 비뚤어지지 않도록 섬세하게 접기도 하고 학교 규칙을 잘 지키고 조용하고 차분한 학생이어서 나는 건우가 해나를 좋아하고 있었는지도 몰랐어. 그리고 또 다시 얼마 후에 해나는 건우와 헤어지고 은우를 만나기 시작했는데 은우는 잘 웃고 다정하고 감정 표현에 솔직한 아이었어. 은우는 급식을 다 먹으면 밖에서 해나가 다 먹을 때까지 기다렸다가 함께 교실로 돌아가는 등 해나를 좋아하는 감정을 숨기지 않았어.

수업이 끝나고 해나만 교실에 남았을 때 나는 해나에

게 하준이, 건우와 왜 헤어졌는지 물어보았어.

"하준이는 거칠어요. 건우는 심심하고요. 은우는 좋아요."

간단한 대답이었지만 나는 고개를 끄덕였어. 해나와 은우는 잘 어울려 다니며 서로를 도와주고 즐겁게 학교 생활을 하고 있어. 그리고 이 작은 에피소드를 지켜보면서 자신에게 맞는 상대를 만나려면 많은 사람을 만나봐야 한다는 진리를 새삼 깨달았지.

올해도 재밌는 러브 스토리가 진행 중이야. 우리 반에 우진이는 작고 귀여운 스타일인데 성격도 모든 친구들을 포용하는 부드러움을 지녀서인지 인기가 많은 아이야. 시아도 우진이를 좋아하는데 우진이 볼에 뽀뽀하고 기분이 어땠는지 물어서 또다시 경계교육을 해야 했어. 또 윤서는 우진이에게 선물 공세를 펼쳤고 이 사실을 안 시아는 협력 선생님에게 둘이 사귀는지 알아봐 달라고 부탁하는 등의 해프닝도 벌어졌지.

자신이 듣고 싶은 말을 골라 붙이는 시간에도 우리 반 아이들은 연애를 하고 있었어. 시아는 "사랑해"라는 단어를 골라서 우진이에게 보여주며 "내가 너에게 듣고 싶은 말은 이 말이야."하고 일러주는 거야. 한번은 윤서가 우진이의 엉덩이를 몰랑이 주무르듯 주물거려서 또 다시 경계교육을 했지. 너무 귀여워서 그랬대.

　그런데 또 재밌는 사건은 우진이가 지유와 짝꿍이 되면서 벌어졌어. 지유는 그림을 잘 그렸는데 마침 우진이도 미술에 관심이 많은 아이였어. 지유도 며칠만에 우진이의 매력에 매료되어 쉬는 시간이면 자신의 그림 실력을 어필하며 우진이를 데리고 밖으로 그림을 그리러 다녔어. 지유는 스케치북과 색연필을 들고 좋은 장소를 찾아 다니고 우진이는 따라가는 장면이 호기심을 자극해서 나도 뒤따라 가보기도 했어. 어느 한적한 계단에 단둘이 오붓하게 자리를 잡았지만 벌레의 침공으로 지유는 소리를 지르고 날뛰다가 교실로 들어오는 안타까운 장면이었지만 나는 배꼽을 잡고 웃었지.

　한번은 수업 시간에 시아가 화장실에 가고 싶다고 해서 보내주고 이어서 우진이도 화장실에 가겠다기에 보내주었는데 갑자기 지유가 와서는 자신도 화장실에 가겠다는 거야. 그제서야 왜 지유가 화장실에 가겠다는지 눈치를 챘어. 설마 우진이와 시아가 내게 거짓말로 화장실을 가겠다고 했을까 했지만 혹시나 하는 마음에 지유를 화장실로 보내주고 나는 복도에서 지켜 보았지. 지유는 팔짱을 끼고 여자 화장실과 남자 화장실 중간에 서서 둘이 나오길 기다렸어. 마치 바람피우는 남자친구를 감시하는 것처럼. 조금 있다가 여자 화장실에서 시아가 나와 폴짝폴짝 뛰면서 교실로 갔고 이어서 남자 화장실에서 우진이가 나와 주변을 둘러보며 '왜들 나와 있지?' 하는 표정으로 교실로 가자 지유는 팔짱을 풀고 우진이 뒤를 따라 교실로 들어왔어. 또 나는 배꼽을 잡고 웃었지.

우진이 어머니는 우진이가 뽀뽀를 받고 선물을 받아오는 것을 보며 아이가 사랑에 늦게 눈을 떴으면 하셨지만 사랑의 감정은 우리가 막을 수 있는 문제가 아니라서 차라리 어떻게 해야 하는지를 자주 대화하는 것이 좋을 거야. 사랑, 질투, 쟁취. 아이들은 날것 그대로 보여줘.

함민복 시인의 〈선천성 그리움〉이라는 시처럼 우리는 만난 적도 없는 누군가를 선천적으로 그리워하며 살아가는 것 같아. 너는 그리워하던 사람을 너의 놀이터에서 만났구나! 내게도 함께할 누군가를 기다리던 시기가 있었어. 마치 그것이 당연한 일인 것처럼. 내가 경험한 사회는 '혼자'보다는 '함께'를 가르치던 사회였으니까. 이십 대는 혼자 식당에서 밥 먹는 일이 부끄럽던 시절이었어. 유독 외로움을 많이 타는 성격이어서 이십 대에 애인과는 매일 만나야 했고 무엇을 할 때든 항상 함께하는 것을 좋아했어. 이십 대 마지막 애인하고 힘든 일이 많

진영이가 송이에게

앉는데 그와 헤어지지 못하고 있던 가장 큰 이유는 외로움 때문이었어. 그런데 애인이 이렇게 싸울 거면 차라리 결혼하자(?)고 하는 거야. 나도 좀 고민을 했지. 결혼하면 덜 불안하고 덜 싸우게 될까? 미래가 깜깜했어. 미래에 받을 고통이 다 쏟아지는 것처럼 아팠던 밤들을 지나 결심을 했어. 나는 '혼자를 견뎌내는 사람'이 되리라.

주말을 혼자 보내며 혼자의 시간에 나를 길들여갔어. 한국에서도 혼자 식당에 가고, 해외 여행도 혼자 떠났어. 이탈리아, 독일, 스위스를 여행하며 최대한 일행을 만들지 않았어. 어두운 밤거리도 혼자 걸었어. 그때의 외로움이 아직도 생생해. 베네치아의 경이로운 노을을 바라보며 혼자 보고 있다는 생각에 눈물을 글썽였던 것도. 라오스를 여행할 때도 한국 사람들이 흔히 가지 않는 오지만 다녔지. 지독하게 외로워질 때까지 그 외로움에 쓰러질 때까지 나를 몰아부쳤어. 가장 자신 없고 가장 못하던 일을 그렇게 해내고 말았지. 고독과 친구가 되는 일. 내겐 단식을 실행하는 사람과 혼자를 견뎌내는 사람이 가장 강한 사람이야.

'너 없이도 살 수 있어'가 연애의 무기였어. 난 강인한 사람이고 고독을 즐기는 사람이니 매달리는 일은 없을 거라 생각했지. 그러고 보니 애인이 없을 때 시를 더 잘 썼어. 애인이 생기면서부터는 시를 못 썼고. 그 애인과 헤어질 때는 "너 없이도 살 수 있어"라고 말했던 것을 증명이라도 하겠다는 듯이 살았어. 미국 드라마 〈그레이 아나토미〉에서 그런 장면이 나오더라. 메러디스는 데릭 이 없는 동안에는 단 한 명의 환자도 죽게 하지 않을 정 도로 유능했는데 데릭이 돌아왔을 때는 간단한 수술도 성공하지 못해. 그럼에도 메러디스는 데릭에게 이렇게 말하지. "난 당신 없이 살 수 있어. 하지만 그러고 싶지 않아. 어떤 것 없이 살 수 있다고 해서 꼭 그것 없이 살아 야 한다는 건 아니야."

그때 스르르 뭔가 풀어지는 느낌을 받았어. 얼어버렸 던 심장이 녹아내리는 것처럼. 지금 애인 없이 나는 살 수 있을 거야. 그러나 그러고 싶지 않아. 이제는 혼자를 견뎌내는 사람과 사랑하는 사람과 함께 갈 수 있는 사 람, 이 두 면모를 갖출 수 있다면 서로가 행복할 수 있을 거라고 생각해. 혼자를 견뎌내는 사람이 되었기에 일 년 이 넘도록 만나지 못하는 애인과 연애를 유지할 수 있는 건지도 몰라. 그리고 사랑하는 사람이 있기에 이 시기를 견뎌내고 있는 거겠지.

그런 의미에서 오늘은 그 사람에게 이 시를 읊어주고 자야겠다.

진영이가 송이에게

## 나는 내가 사랑하는 이와 함께 가고 싶다

나는 내가 사랑하는 이와 함께 가고 싶다

그 대가를 계산하고 싶지 않다

그것이 잘하는 짓인지 생각하고 싶지 않다

그가 나를 사랑하는지 알고 싶지 않다

나는 내가 사랑하는 이와 함께 가고 싶다

(베르톨트 브레히트, 공진호 역, 『베르톨트 브레히트 시선: 마리 A.의 기억』 아티초크, 2014, 88쪽)

오늘 편지에서 비혼에 대한 이야기도 쓰려고 했는데 애인 생각에 마음이 촉촉해져버렸네. 비혼 이야기는 잠시 미뤄두고 애인과 영상통화하고 자야겠어. 송이도 사랑하는 사람들과 굿밤!

송이

온전한 젓가락 한 짝이 되는 일

우와, 나 지금 1학년 러브스토리에 가슴이 설렌 거니? 요즘 아이들은 정말 성숙하지만, 확실히 어른들의 성숙과는 또 다른 것 같아. 앙증맞고 귀여워서 교육방송에 나오는 어린이 프로의 한 장면을 본 것 같네. 나는 그러지 못했으니까 나중에 내 아들은 이렇게 사랑에 솔직하고 최선을 다했으면 좋겠다. 나는 30대 중반까지 수많은 연애에 실패하면서 얼떨결에 비혼주의자가 되었어. 먼저 결혼한 주변 친구들의 현실적인 결혼 생활을 보고 나니 그나마 남아 있던 결혼에 대한 환상마저 말끔하게 사라져버린 거야. 이럴 바에는 '혼자 사는 게 낫지 않을까?' 했었지. 연애에 있어 난 참 부지런했어. 나도 세상에서 외로움이 가장 무서웠거든. 왜, 악플보다 무플이 더 무섭다는 말 있잖아. 독거 처녀로 살다가 욕실에서 발이라도 헛디뎌서 뇌진탕이라도 걸려봐. 그나마 평일이면 다행이게. 출근 안 한 임 선생을 찾기 위해 학교에서 무언가 조치는 취해볼 테니까 말이지. 적어도 연인들 사이의 연락에는 주말, 평일의 구분은 없으니, 그런 이유로 20대 때는 당장의 외로움을 면하려고 꾸준히 연애를 했어. 그런데 내 연애들의 공통점은 하나같이 대리 만족이었던 것 같아. 일단 운전을 못하던 초보 시절에는 한 손으로 멋지게 T자 주차를 하는 남자에게 반했지. 음악의 '음'자도 모르면서 음악에 심취했던 때는 음악 하는 남자를 만났고, 스포츠나 그밖에 내가 못하는 것을 잘하는 사람과 금세 사랑에 빠지는 이른바 금사빠('금방 사랑에 빠지다'의 줄임말)였어. 상대방이 대신 잘하면 그걸 마치 '우리'가 잘한다고 생각하며 대리만족했던 거야. 그런데 이런 대리만족은 금방 식기도 잘 하는게 문제라면 문제라고나 할까.

막 30대로 넘어가던 즈음부터는 누군가에게 기대지 않고 스스로 강인한 사람이 되고 싶어졌어. 고독을 즐기는 사람이 되자고 결심했지(그러고 보니 전환점이 비슷했구나, 우리!). 일단 나를 위해 큰 차를 샀어(비록 중고지만). 그리고 이제는 나도 한 손으로 뒤를 돌아보지도 않고 후진 주차도 할 수 있지. 음악이든 운동이든 게임이든 일단 꽂히는 것이 생기면 일단 해. 잘하지는 못해도 누군가에게 묻어가지 않고 내가 할 수 있다는 것 자체만으로도 갈망은 사라졌거든. 누군가에게 기대기만 하다가 스스로 서기 위한 일종의 다짐처럼 '혼자 놀기'블로그를 만들었고, 주말이면 혼자 밥 먹고 놀이동산에도 가며 혼자 노는 연습을 하고 그것들을 블로그에 기록했어. 그렇게 몇 년 지나니 이제는 혼자 식당에서 삼겹살에 소주를 마시는 것쯤은 아무렇지도 않아. 예전에는 주말에 만날 사람이 없어서, 퇴근 후 저녁에 일상을 소소하게 이야기 나눌 통화 상대자가 없다는 이유로 끝난 연애를

송이가 진영이에게

지질하게 붙잡고 있었던 내가 말이지! 그렇게 조금씩 성격도 바뀌어 가더라. 예전에는 학교 안에 친한 동료교사를 만들기 위해 엄청난 노력을 하던 나였거든. 그래야만 회식이나 교직원 행사 때 혼자 어색하고 민망하지 않을 테니 말이야(그때 나는 가장 무서운 게 회식 자리에 혼자 덩그러니 앉아 있는 거였어). 그런데 이제는 더이상 그런 관계에 연연해하지 않아. 혼자면 어때. 언제 어디서든 나 혼자서도 즐거워질 수 있게 되었지. 그렇게 홀로 설 수 있을 시점에, 지금의 남편을 만난 거야.

그때 나는 10년 차 직장이었는데, 그는 10년 차 학생이었어. 박사과정을 밟고 있던 이 남자의 전공은 곤충이래. 첫 만남에서 장래를 물어보는 나의 질문에 자신은 졸업해도 고를 수 있는 직장이 많지는 않을 거라니! 참나, 이런 이야기를 처음 만나는 자리에서 어떻게 이리도 해맑고 당당하게 할 수 있지? 당시 안정된 직장에 금수저까지는 아니더라도 은수저 정도를 이상형으로 바랐던 나는 절대 이 남자랑은 얽히지도 말아야지 다짐했는데, 일 년 뒤 나는 이 사람과 결혼을 했네.

그 남자는 내가 가지지 못한 것을 가지고 있었는데 그게 바로 자존감이었어. 그동안의 연애 실패를 딛고 이제 나도 완전한 독립 개체가 되었다고 생각했지만, 낮은 자존감은 쉽사리 높아지지 않았거든. 타인의 시선을 여전히 신경 쓰고, 누가 조건 좋은 상대를 만나서 결혼한다고 하면 괜히 기분이 우울해지는 건 어쩔 수 없더라고. 겉으로는 항상 당당하게 굴었지만, 사실 내 자존감은 모래밭 위에 세운 모래성이었나 봐. 높게 쌓았지만 지나가는 바람에도 와르르 무너져버리는. 그런데 이 남자는 달랐어. 매 순간의 행복을 즐기는 사람이었어. 난 생각했지. '와, 이 사람은 어떻게 저렇게도 행복할 수 있지?' 나는 직장도 있고, 모아둔 돈도 있는데 저 남자는 그런 게 없는데도 어떻게 나보다 훨씬 행복해 보일까. 어떻게 그럴 수 있지? 나는 그 남자가 점점 궁금해지기 시작했어. 그래서 조심스럽게 사귀자는 말을 꺼내려는 그 남자에게 내가 먼저 선수를 쳤지. "내년 10월 17일에 결혼할 거면 사귀고, 아니면 처음부터 시작을 하지 말죠, 우리."

아무것도 없어도 행복하게 사는 그 남자에게 도리어 내가 1년 동안의 구애 끝에 나의 결혼식장에 끌고(?) 들어갈 수 있었단다. 그렇게 적극적으로 비혼주의를 청산한 내가 가장 먼저 내려놓은 것이 바로 돈이야. 우리는 둘 다 0부터 시작해보기로 했어. 돈이 행복의 전부가 아니라는 것을 증명해 보이고 싶었으니까. 그간 10년 동안 모아서 산 집과 심지어 결혼 축의금까지도 전부 다 부모님께 드렸어. 그리고 5,500만 원의 투룸 전세금을 대출

받아서 정말 빈털터리로 시작했지. 다시 빚이 생겼지만 마음이 후련했어. 돈에 연연하느라 미처 살피지 못했던 나는 돈 외의 소중한 것들을 이 남자를 만나면서부터 알게 된 거지. 나는 지난 실패한 인연들이 나를 차지 않았다면 나는 판도라의 마지막 남은 '희망'이라는 단어를 미처 보지도 못한 채로 뚜껑을 닫아버렸을지도 모르니까, 그러고 보면 세상에 쓸모없는 인연은 없는 것 같아.

외로움에 지지 않겠다는 네 말처럼, 결혼 생활도 마찬가지인 거 같아. 함께하고 싶지만, 사랑이라는 이름으로 서로에게 너무 많은 것을 기대하면 서로 힘들어지거든. 그래서 우리 집에는 가장이라는 단어가 없어. 누군가 가장의 감투를 쓰고 그 짐을 일방적으로 짊어지기보다는 가족 구성원 모두가 가장이 되어 같이 짊어지기로 했어. 그러니 부부와 가족의 틀에 얽매이지 않고 '하우스메이트'로 살아간다는 표현이 우리 집에는 더 맞을 것 같아. 우리 집에서 유일하게 나눌 수 없는 것은 딱 하나인데, 바로 아이야. 결혼 준비 비용부터 시작해서 집, 차 그리고 집에 있는 수저 하나까지도 정확히 반반씩 부담하고 있거든. 아이를 제외하고는 경제권뿐만 아니라 가사와 육아를 반씩 나눠서 해왔는데 다행히 지난 7년 동안 한 번도 이 일로 부딪친 적이 없었어. 성격은 달라도 다행히 둘 다 지향하는 삶의 가치관은 똑같아서 그런가 봐.

나는 결혼이란, 젓가락 한 짝이 다른 한 짝을 만나 온전한 젓가락 한 벌을 이루는 일이라고 생각해. 하지만 젓가락이라도 해서 항상 한 벌일 필요는 없지 않을까. 함께할 때 더욱 큰 힘을 발휘하겠지만, 한 짝만 있다고 해서 아무 쓸모가 없는 건 아니거든. 젓가락 한 짝으로도 얼마든지 음식을 콕 하고 찍어 먹을 수 있는 것처럼, 때로는 서로에게 기대지 않고 한 짝의 젓가락처럼 올곧게 서서 살아갈 수도 있는 것도 결혼 생활에서 필요하지 않을까 생각했는데, 다행히 마지막 연애에서 같은 생각을 하는 사람을 만났어. 사실 그 남자를 만났을 때 너무 지쳐서 이제 진짜 연애는 그만해야겠다고 생각하고 있었거든.

누구나 자신보다 나은 사람을 만나고 싶어 하는 건 본능인 것 같아. 그런데 사람들은 자신의 아픈 부분과 비슷한 사람에게 끌리게 되어 있다고 하더라고. '끼리끼리'라는 말처럼 말이지. 부족한 부분을 채우기 위해 누군가를 만나려고 하기보다는, 내가 원하는 사람을 만나기 위해서는 일단 내가 그런 사람이 되어야 한다는 것을 나 역시 늦게서야 깨달은 거 있지. 그래서 말이야. 나는 네가 사랑하는 그 사람을 직접 만나보지는 않았지만 대충 그 사람에 대해서 알 것도 같아. 아마 그 사람도 진영이처럼 자신을 사랑하면서 동시에 자기 자신만큼 너를 사랑하는 사람일 거야, 그치? 너처럼 사랑에 대해서 진심인 사람이겠지. 사랑을 안다는 것은 대단한 것 같아. 앞서도 말했었지만 어릴 때 나는 사랑은 부끄럽고 숨겨야 한다고 생각했거든. 하지만 그 어떤 사랑이든 모든 사랑은 똑같았어. 남자에 대한 나의 사랑도, 가족에 대한 나의 사랑도, 학생들에 대한 나의 사랑도, 그리고 이렇게 우리가 서로 이야기를 나누고 있는 이 순간 역시 나는 사랑이라고 생각해. 진영아, 앞으로도 우리 사랑을 아끼지 말자.

진영

선생님은 왜 결혼 안 해요?

여덟살 아이들이 우루루 몰려와서 다인이가 한 말을 전해줘.

"선생님, 다인이가 선생님 남편 못생겼대요!"

"없는 남편이 못생길 수도 있어?"

남편이 없다는 대답에 놀란 아이들이 눈을 동그랗게 뜨고 다시 물어봐.

"선생님, 남편 없어요?"

유나가 우쭐하며 말했어.

"맞지, 내 말이. 내가 선생님 결혼 안 했다고 했잖아."

"그런데 너희들은 다인이에게 뭐라고 말해줬어?"

"음… '못생겼다, 예쁘다' 같은 말을 하면 안 된다고 했어요."

"다인이한테 선생님 남편 없다고 알려줘야겠어요."

그리고 다시 우루루 몰려갔어. 아이들은 선생님의 나이도 궁금하고(나는 203세야.) 어디 사는지도 궁금해하고(깐따삐야에 살아- 아, 너무나 내 나이가 짐작이 가는 대답이야.) 아이를 낳았는지도 궁금해해.


수업을 시작하려고 하자 아이들은 내가 왜 결혼을 안 했는지 물어봐. 마침 여름 교과서는 '가족' 단원을 가르치는 시기였어. 가족 단원을 가르칠 때마다 조심스러워. 가족의 소중함을 배우는 것은 중요하지만 혹시나 한부모 가정, 조손 가정, 다문화 가정, 입양 가정 등 소수의 학생이 상처 받게 되는 일이 생길지도 모르니까. 그래서 항상 첫 시간에는 다양한 가족 형태를 알려주려고 해.

이 질문을 받으니 '독거노인 가정'이나 나처럼 결혼하지 않고 혼자 사는 '1인 가정'을 알려주어야겠다고 생각했지. 그리고 궁금했어. 여덟 살 아이들은 내가 왜 결혼하지 않는다고 생각할지.

국어 수업에서는 생각을 문장으로 써보는 연습을 하는 중이어서 작은 종이를 나눠주고 "선생님이 결혼하지 않는 이유를 추측해서 써보세요"라고 했더니 다양한 대답이 나왔어.

일을 너무 많이 해서

청소 안 도와줄 것 같아서, 힘들어서

세상에 사람이 많아서 후회할까봐

나쁜 사람 같아서

지겁이 이써서

부담스러워서

왜개인이라서

물 아까워서

남편이 집안일 안도와줄 것 같아서

선생님이 베를 짤라서 무서운 것— 목숨 끝(아기 낳을 때를 얘

진영이가 송이에게

기하는 거야.)

계속 학생들을 가르치고 싶어서

자기 남편이 회사가고 선생님도 회사가서 아기는 누가 돌볼까

(응애 응애 아기 돌보는 그림) 아유 힘들어 죽겠다. 친구들 보고 싶다

귀찮아서

아이가 말을 안들으면 스트레스 받아서

여덟 살 인생이 묻어나는 대답이 재밌으면서도 정확해서 깜짝 놀랐어.

퇴근하고 집으로 돌아오면 읽고 싶은 책이랑 보고 싶은 영화도 많고, 써야 하는 글들도 있고, 파도가 오면 서핑을 해야 하고, 주말이면 멀리 떠나야 하고, 긴 휴가에는 못 가본 여행지로 가야 하는데 결혼하면 얼마나 제약이 많을까?

특히 우리 집은 가부장적인 가정이어서 어렸을 때부터 빨리 독립하고 싶었어. 어떤 이는 차라리 결혼해서 벗어나라고 조언했는데 내 입에서 바로 튀어나온 말은 이 말이었어.

"뭐? 지옥을 벗어나기 위해 또 다른 지옥으로 들어가라는 거야?"

모든 결혼과 시댁이 지옥이라는 말은 아니야. 하지만 아무리 좋은 시댁 식구를 만난다 하더라도 오랜 세월 굳건하게 만들어진 가부장적 사회와 위계질서를 나 혼자 헤쳐나갈 힘이 없다는 것을 알기 때문이야. 내가 존경했던 페미니스트들도 시댁에서는 어떻게 처신해야 했는지 보아왔기 때문이기도 해. 부당한 것과 싸우면서 에너지를 소비하는 대신 내가 하고 싶은 일에 생산적인 에너지를 사용하고 싶어.

직장을 그만둘 수 없으니 퇴근하고 난 후에만 온전한 나의 시간이 생기는데 글을 쓸 시간이 없어질지도 모른다는 것이 가장 두려웠어. 꿈을 이뤄보지도 못하고 환경을 원망하면서 늙어갈지도 모르는 미래가.


아이들이 쓴 대답 중에 "남편이 집안일을 안 도와줄 것 같아서, 아기를 키우느라 힘들 것 같아서"를 읽었을 때는 여덟 살 아이들이 이런 생각을 한다는 사실이 놀라웠어. 이는 곧 결혼이 여성에게 희생을 강요하는 일이라는 뜻인데. 맞아, 결혼 생활이 평등할 수 있다면 결혼을 하지 않을 이유도 없겠지.

또 한 아이는 "직업이 있어서"라고 대답했는데 이 역시 이마를 탁 치게 만드는 대답이었어. 예전에 여성들이 결혼할 수밖에 없었던 이유 중 하나가 경제적 능력 때문이었잖아. 교사 직업을 가진 나는 적어도 경제적 이유 때문에 결혼하지 않아도 돼.

그렇다면 배우자의 경제 능력에 기대지 않아도 되는 여성이 결혼하는 이유는 무엇일까? 정말 사랑하는 상대를 만났기 때문이라면 좋겠지만, 사회에서 정해놓은 정상이라는 카테고리 안에 들어가는 삶을 살아야 할 것 같아서, 외롭고 무서워서 결혼하는 여성들도 있어. 여성의 경제적 지위가 높아졌다고 하지만 여전한 차별 때문에 결혼이라는 문으로 들어가는 여성들도 많고. 이제는 '왜'라는 의문을 가져야 할 것 같아. 꼭 결혼으로만 이루어지는 가족이 아닌 다양한 공동체를 상상해볼 수 있으니까.

발리에 있는 애인을 만나기 전에는 나와 같이 혼자 사는 친한 친구들과 주거 공동체를 만들까 생각한 적도 있어. 애인을 만나고 나서는 동거를 하고 싶다고 생각했고, 코로나19로 못 만나게 되면서 혼인신고는 해야 할까를 생각하기도 해. 지난 편지에도 언급했지만 어떤 가족을 꾸리고 살던 변화하는 가족의 형태에 따라 '생활동반자법'은 필요해 보여.

새로운 가족을 이룰 수 있다는 것은 매혹적인 일이야. 부모님과 형제는 내가 선택하지 않은 가족이지만 동반

자는 내가 선택한 가족이니까. 만약 내가 가족을 선택한다면 그건 발리에 있는 그 사람일 거야. 가끔 생각해봤어. 어째서 언어가 잘 통하지 않는 그와 최소한의 언어로 이야기하면서도 많은 것을 나눌 수 있었는지. 그와의 관계는 자신다움을 희생할 필요가 없는 관계였어. 함께 있어도 따로 있는 듯 서로를 자유롭게 하는 관계. 그는 내 삶을 축소하지 않고 창조해나가도록 해.

아이들이 대답한 것 중에는 "남자친구가 없어서"도 있었는데 결혼을 안 한 사람도 연애는 한다고 알려주었어. 그리고 "물이 아까워서"라고 대답해서 우리를 웃게 한 아이에게는 사랑하는 사람과는 무엇을 나눠도 아깝지 않다고도 말해주었지. "외계인이라서"라고 대답한 아이에게는 그동안 선생님 말을 믿어주어서 고맙다고 초콜릿을 주었어.

아직 아이들에게는 좀더 구체적으로 설명해주지 못했지만 내가 결혼하지 않는 이유는 메리 데일리가 정체화한 '결혼 저항'으로 표현할 수 있을 것 같아. 결혼은 어린 시절부터 동화와 텔레비전 영화, 광고, 화려한 결혼식을 통해 주입된 이데올로기라는 에이드리언 리치의 말에 동의해. 가부장제로 이어온 남성의 이익과 특권, 성적 권력 유지에 대한 저항이야.

송이

성별 구분이 없는

행성을 찾아서

여덟 살 아이들의 생각은 어쩜 그리도 창의적일까? 우리는 점점 나이가 들어갈수록 창의력이 더 떨어지는데 말이야(호봉과 창의력은 반비례하는 것 같아). 이런 순수함이 좋아서 네가 매년 1학년을 맡은 거겠지? 1학년의 세계는 참 귀엽다.

미혼의 이유가 '결혼 저항'이라는 너의 표현을 보며 나 역시도 기혼을 선택한 이유가 또 다른 방식의 '결혼 저항'일 수도 있겠다는 생각을 들더라. 물론 걱정으로 하신 말씀이시겠지만, '어디 여자가 밤늦게까지 돌아다니냐'라는 말을 무의식적으로 듣고 자란 나로서는 더욱더 성별에 대한 고정관념을 벗어나고 싶었어. 나에게 결혼은 도피의 수단이기도 했지만, 한편으로는 새로운 기대이기도 했어. 굳이 성별을 따질 필요 없이 모두가 동등한 결혼 생활을 만들어보고 싶었거든.

너도 알다시피 나는 우유부단함의 결정체잖아. 평소에도 내 의견을 사람들 앞에서 강하게 피력하려고 들지 않아. 언제나 좋은 게 좋은 거라는 생각으로 꼭 필요한 갈등마저도 피하고 싶어 하는 성격이거든. 하지만 결혼 생활에서만큼은 성별의 극심한 역할 분담에 대해서는 아주 똑 부러지게 말을 해서 나 스스로도 나에게 놀랄 때가 많아(너무 똑 부러진 성격 탓에 자주 연애가 똑 부러지곤 해서 탈이었지만).

내 결혼 조건은 딱 두 가지였어. 결혼식을 해야 한다면 혼수는 모두 생략하고, 결혼식 비용과 신혼집, 살림에 대한 비용은 무조건 반반이어야 한다는 거야. 나는 남자가 신혼집을 준비해야 한다는 것에 대해서는 반대야. 왜 한 사람이 그 큰 부담을 져야 하는지도, 왜 그걸 당연하다고 생각하는지도 납득이 되지 않거든. 시작부터 동등하지 않게 시작하면서 어떻게 동등한 결혼 생활을 주장할 수 있겠어. 물론 결혼을 준비할 때야 콩깍지가 씌어 누구 지갑에서 얼마가 나가는지는 눈에 들어오지도 않겠지. 하지만 결혼 후 살아가다 보면 누가 얼마를 어떻게 더 썼는지에 대한 생각을 안 할 수가 없잖아. 돈을 누가 더 벌어왔는지, 집안 일과 육아는 누가 더 많이 하는지에 대한 시시콜콜한 다툼으로 결혼 생활을 불행하게 만드는 부부들도 여럿 봐 왔거든. 이런 분쟁을 막기 위해서는 모든 것이 동등한 게 제격이라고 생각했어.

결혼이라는 것이 남자와 여자 두 사람이 하나의 가정을 꾸리는 것이라고만 생각했는데, 현실은 세 개의 가정을 꾸리는 거더라고. 우리, 그리고 시가와 처가, 이렇게 말이지. 부부들이 겪는 갈등 중에도 양가 부모님들이 원인인 경우도 종종 봐 왔기 때문에 결혼 전에 확실히 의견을 나눌 필요가 있다고 생각했어. 경제적이든 시간적 여유든 공평하게 3등분으로 나누어 어느 한곳에 기울지 않게 말이야. 시금치 한 단이 생겨도 3등분으로 똑같이 나누기로 말이지. 나는 내 생각이 공평하다고 생각했는데 의외로 달가워하지 않는 상대가 더 많더라. 내가 여러 번 연애를 실패했던 이유는 같은 행성의 사람을 만나기 위해서였다고 생각해. 그렇게 해서 맞는 상대를 만나더라도 그다음이 문제야. 우리가 성별로 구분 짓고 싶지 않더라도, 이미 고착화되어 있는 이 사회에서 살아가려면 어쩔 수 없이 기존의 편견에 부딪칠 수밖에 없거든. 우리만이라도 가정에서만큼은 성별의 지배에서 벗어나고 싶었어. 그래서 결혼식 입장 역시 관습과 제도에 대해 반항하는 마음으로 전투적으로 걸어갔던 것 같아.

그러기 위해서는 우선 양가의 수긍도 필요해. 아니다. 양가의 포기라는 말이 더 정확하겠지. 우리가 결혼식을 허허벌판 공원에서 모든 것을 스스로 준비하겠다고 했을 때만 해도 그래. 5만 원짜리 웨딩드레스를 사고, 돈 대신 시간을 들여 하나부터 열까지 결혼식의 모든 준비를 우리가 직접 하겠다고 했을 때부터 양가 부모님도 조금은 마음의 준비를 하시지 않았을까. 친척들을 모셔놓고 행여 결례를 범할까 결혼식 당일까지도 불안해하셨지만, 사실 부모님들만 불안했으려고…. 우리도 너무 불안했어. 준비하는 6개월 동안을 다리 뻗고 잠도 제대로 못 자고, 퇴근 후 밤을 새우며 준비하는 동안 야식을 입에 달고 살았는데도 살이 쭉쭉 빠질 정도였거든. 그래도 결혼식이라는 제도는 우리가 꼭 넘어야 하는 산이었어. 일단 이 산을 우리 뜻대로 넘어야 왠지 우리가 바라는 행성에 도달할 수 있을 것 같다고 생각했거든. 결혼식을 마치 행사 준비하듯 열심히 (그리고 재미있게) 준비했던 것 같아. 하지만 만약 또 한 번 더 셀프 결혼식을 해야 한다면 난 손사래를 치며 도망갈 거야. 결혼식은 어떤 방식이건 간에 쉬운 일은 아닌 것 같아.

그날 답답한 정장 대신 편한 일상복을 입고 잔디밭에 돗자리를 펴고 앉아 생맥주를 마시는 하객들 사이로 춤을 추며 입장하는 우리들의 결혼식은 사실 우리가 앞으로 어떻게 살아갈지에 대한 선전포고와도 같은 것이었어.


다음 단계로 양가에 아이를 낳지 않겠다고 말씀드렸어(심지어 남편은 장손이야). 아이를 낳고 안 낳고는 우리가 스스로 결정하고 싶었거든. 처음에는 정말 낳지 않을 생각이었어. 과연 우리가 부모로서 어떨지에 대한 확신이 없었으니까. 일정 시간이 흘러 우리가 정말 '부모'가 될 수 있겠다는 마음이 생겼을 때 양가에 임신 소식을 전하면서 남편의 퇴사 소식도 함께 전해드렸지. 이미 결혼식부터 범상치 않은 행보에 양가 모두 놀라시지도 않더라. 10년 넘게 공부해서 어렵게 박사학위를 땄는데 회사 대신 육아를 하겠다는 아들과 아이를 낳자마자 바로 직장에 나가 돈을 벌겠다는 딸이 이해하기는 어려우셨을 거야. 그래도 양가 모두 아무 말씀 없으셨어. 그 덕에 우리는 우리가 원하는 역할을 스스로 선택할 수 있었으니, 지금까지도 결혼 생활에 대한 불만이 생길 수 없었던 것 아닐까 싶어.

언젠가 어린이집 선생님이 다른 아이들은 울 때, '엄마~' 하고 우는데 준오는 '아빠~' 하고 운다며 신기하다고 말씀하신 적이 있어. 대부분의 사람들이 가지고 있는 생각이 그렇다 보니, 지금 우리가 살아가는 모습이 신기하게 보시는 분들도 꽤 많아. 재 작년부터는 시골로 전근을 와서 학교 안 작은 단층 관사에서 온 가족이 살고 있거든. 내가 출근하고 나면, 남편은 아이와 함께 시골길을 산책하거나, 흙놀이나 물놀이를 하며 하루를 보내. 서로가 좋아하고 잘하는 일을 하는 데 있어서 남자, 여자 구별은 필요하지 않았어. 나보다 더 참을성이 많고 섬세한 남편이 육아하고, 일하는 것을 좋아하는 내가 직장에 나가 돈을 버는 건 어쩌면 당연한 거잖아.

아이들을 가르칠 때도 그런 것 같아. 오히려 어릴수록 성별에 대한 차별이 더 적은 편이야. 고학년으로 올라갈

수록 자리 배치만 봐도 남녀가 확연히 갈라지더라고. 물론 2차 성징이 나타나는 시기이기 때문에 성별 구분이 생기는 건 당연해. 하지만 꼭 역할까지 나눠야 할까 싶어. 그건 아마도 가정과 학교에서도 성별 구분이 곳곳에 남아 있어서일 거야. 나이 들수록 내가 창의력이 점점 떨어지는 것을 느끼듯, 아이들도 역시 나이가 들수록 자신도 모르게 성별에 따른 역할을 구분 짓고 있는지도 모르겠다. 그래서 나는 학교에서나 가정에서나 성별이 없는 사람이 되고 싶어. 물론 쉬운 일은 아니겠지. 성별 싸움이 사회적 문제로 대두되고 있는 요즘 그냥 우리 모두 두 가지 성별의 장점만을 쏙쏙 뽑아서 그냥 '나'로 살아갈 수 있다면 얼마나 좋을까.

진영

누가 나에게 페미니즘을
일찍 가르쳐주었더라면

아직은 소수이지만 너희 가족처럼 아버지가 양육을 맡는 가정이 늘어나고 있어(나는 그것이 반가워). 내 주변에서도 아버지 쪽에서 육아휴직을 신청한 사람들도 꽤 있었어. 그럼에도 학교에서는 비상연락망의 대표로 무조건 어머니의 연락처를 저장해둬.

페미니즘을 공부하면서 실천하게 된 것 중에 하나는 담임이 되었을 때 학생에 대한 정보를 얻기 위해 보내는 소개서 양식에 칸 하나를 더 만드는 일이야. 부모의 연락처, 학생의 방과후 스케줄, 방과후에 돌보는 사람, 학생의 알러지나 건강상 유의해야 할 점 등을 적는 칸 다음에 학생에게 어떤 일이 생겼을 때 가장 먼저 연락해야 할 지 순서를 적는 칸. 간혹 아버지를 1순위를 적는 가정이 있어. 그럼 나는 순위를 적어 두었다가 아버지에게 연락해야 하는 학생에게는 아버지에게 연락해. 이 작업은 번거로운 일이지만 양육의 책임은 부모 모두라는 인식을 실천하는 일이야.

초등학생의 양육에서 대부분 아버지의 존재는 지워져 있어. 어떤 학생에게 문제가 생겼을 경우 교육을 못한 사람은 어머니가 돼. 어머니만이 비난의 대상이 되는 거야.

영화 〈결혼 이야기Marriage Story〉(노아 바움백 감독, 2019)에서 이혼을 준비하는 니콜에게 변호사 노라는 이렇게 말해. "진짜 면담 때는 그렇게 말하지 말아요. 세상은 과음하고 자식한테 호통 치며 욕하는 엄마는 용납 못해요. 아빠는 부족해도 그런가 보다 하죠. 솔직히 좋은 아빠라는 개념도 고작 30년 전에 나왔어요. 그전까지 아빠들은 말도 안 하고 자식한테 무심한 못 미덥고 이기적인 존재였죠. 아빠들이 변하길 바란다지만 기본적인 수준에서 그냥 받아들여요. 아빠는 실수투성이라 사랑하죠. 하지만 엄마가 그런다면 사람들 다 들고 일어나요. 구조적으로도, 심적으로도 받아들이지 않죠. 우리의 유대교와 기독교 뿌리가 예수님의 어머니 마리아라는 완벽한 사람이었으니까요. 마리아는 동정녀로 아이를 잉태했고 꿋꿋하게 자식을 부양했으며 죽을 때는 시체도 끌어안고 있었죠. 근데 아빠는 없었어요. 심지어 섹스도 안 했죠. 하나님은 천국에 있고 하나님이 아버지고 나타나지 않았죠. 그러니까 당신은 완벽해야 하고 찰리는 망치든 말든 상관없어요. 항상 당신을 평가하는 기준이 훨씬 까다롭죠. 짜증나지만 현실이 그래요."

한부모 가정을 대할 때도 그래. 아버지 혼자 기르는 한부모 가정 아이가 준비물을 잘 못 가져오거나 돌봄을 받지 못하는 것 같으면 아버지 혼자 키우느라 그러려니 해. 심지어 아버지를 안쓰럽게 보기도 하지. 반대로 어

진영이가 송이에게

머니 혼자 기르는 한부모 가정 아이가 똑같은 모습을 보일 경우 사람들은 서슴지 않고 어머니의 모자란 양육을 비난해.

너무나 자주 "엄마가 왜 그럴까요?"라는 말을 들어. 한번은 조심스럽게 "저는 그 말이 불편해요."라고 말한 적이 있었어. 난 묻고 싶어. 그때 아빠는 어디에 있었던 거지? 내가 슬픈 건 그런 이야기를 하는 사람들도 엄마라는 사실이야.


여성들은 오랜 세월 사회가 바라는 성역할에 세뇌되었어. 내가 스스로에게 소름끼쳤던 적이 있었는데 4년 전에 만났던 남자친구와의 관계에서야.

우리는 둘 다 자취를 하고 있었는데 그가 없는 동안 그의 집에 있게 될 때도 있었고 그가 내 집에 있게 될 때도 있었어. 나는 나도 모르게 그의 집을 정리하고 청소하고 있었어. 그가 나를 더 사랑하게 될 것처럼. 마치 그것이 당연한 나의 일인 것처럼. 반대로 그는 내 집에 머물러도 내 방을 청소하거나 정리해야 한다는 생각 자체가 없었어. 이것은 실로 놀라운 경험이었어. 나 역시 여성으로서 사회가 기대하는 성역할에 학습되어 있었던 거야. 그것을 깨닫는 순간의 소름이란…. 너무 늦게 깨달았다는 소름과 함께… 그 외에도 나는 세계와 자주 불화했었는데 그 원인이 무엇인지 명확하게 모르고 있었어. 고통스럽다고만 생각했고 원인을 모르니 어떻게 해결해야 할지 몰랐어. 그 남자친구와 끝이 나면서 밤에 잠을 이룰 수 없었는데 그것은 그 사람과의 이별보다는 나 자신에 대해 알지 못하는 고통 때문이었어. 고민 끝에 상담을 받기로 했어. 뮤리얼 루카이저의 유명한 시구, "한 여자가 자기 삶의 진실을 말한다면 어떤 일이 일어날까? / 세상은 터져버릴 것이다." (뮤리얼 루카이저, 박선아 역, 『어둠의 속도』, 봄날의 책, 2020.)처럼 내 삶의 진실을 이야기할 수 있게 되자 곪아 있던 고통이 터졌고 그제서야 나는 그곳에 어떤 약을 발라야 하는지 알게 되었어. 내가 그토록 삶과 불화했던 것은 여성으로서의 삶 때문이었다는 놀라운 진실…. 그 시기에 나는 운명적으로 『빨래하는 페미니즘』(스테퍼니 스탈, 고빛샘 역, 민음사, 2014)을 만나게 돼. 어떤 고통 속을 헤맬 때 신기하게도 절실히 필요한 책이 내게 오게 되는 순간이 있어. 그 책은 상담과 비슷한 효과를 주었어. 내 고통이 어디에서 비롯되었는지 깨닫게 해주었지.

　며칠 전 문장 부호를 가르쳐 주는 국어 시간이었어. 텍스트는 〈호랑이 형님〉이었고 전체 스토리를 알려주기 위해 교육용 애니메이션을 틀어 주었어. 산에 가서 나무를 하던 나무꾼이 호랑이에게 잡아먹힐 위기에 처하자 호랑이에게 형님이라고 속이는 옛이야기 기억하지? 호랑이는 사람 어머니에게 효도하기 위해 산짐승을 잡아다 마당에 놓고 가. 그러다가 충격적인 장면이 펼쳐지는데 이것이 교육 콘텐츠가 맞는지 다시 확인하게 되는 장면이었어. 어느 날 어머니가 자신이 먼저 죽으면 혼자 살아갈 아들을 걱정하며 '네가 장가를 들어야 할 텐데'라고 하는 말을 호랑이가 엿듣고 다음날 여자를 물어다가 마당에 놓고 가는 장면이야. 여자는 호랑이에게 물려간 자신을 남자가 구해줬다고 생각하고 그 남자와 결혼해서 살게 돼.

여성이 필요한 물건인 양 물어다 줄 수 있는 존재라는 인식에 한 번 심호흡하고, 자신을 구해줬다고 여긴 나무꾼과 결혼을 결심하는 여성을 보호받아야 하는 객체이고 심지어 멍청하게까지 묘사한 부분에 다시 한 번 심호흡을 해야 했어. 이왕 보여준 거 다 보여주고 이야기를 나눠보자고 생각했지.

"여러분, 호랑이가 잘 한 행동은 무엇인가요?"

질문하자 아이들이 손을 들어 발표해.

"어머니에게 효도한 거요."

그러다가 한 아이가 이렇게 발표했어.

"결혼할 여자를 물어 온 거요!"

드디어 내가 그 부분을 건들 수 있는 기회가 생긴 거야.

"정말? 그럴까?"

나는 되물었고 아이들은 고민하기 시작했어. 우리 반은 에너지가 넘치는 아이들이 많아서 내가 감당하기 힘든 날들이 많지만 생각이 깊은 아이들이라 가르칠 때 재미있기도 해. 드디어 한 아이가 대답했어.

"아니요! 납치한 거예요. 납치는 나빠요."

아이들이 쉽게 접하는 미디어에서 얼마나 많은 성차별 고정관념들이 난무하는지…. 그 외에도 젓가락질을 가르쳐주는 교육용 애니메이션은 제목부터 〈젓가락 고수가 된 비실 왕자〉야. 왕자가 비실비실해서 공주와 결혼하지 못할 위기에 처한 상황을 보여줘. 남자다움을 강조하는 콘텐츠인거야. 아이들의 무의식 속에는 남자는 남자답게 씩씩해야 하고 여자는 여자답게 차분해야 한다는 생각이 주입될 수밖에 없어.

이렇게 주입된 생각이 밖으로 드러나는 사건이 유월에 일어났어. 우리 반 남학생이 다른 반 여학생에게 '여자는 약해 빠졌다'라고 놀리자 여학생이 약이 올라서 (약하지 않은 것을 증명하듯) 놀이터 주변에 있던 장난감 삽으로 남학생을 때리는 행동을 하게 된 거야. 남학생도 여학생의 마스크를 뜯고 얼굴에 상처 내는 행동을 했지.

진명이가 솜이에게

사건이 일어난 다음 주 창체 시간을 성평등 교육으로 계획했어. 1차시에는 차이와 차별을 알려주고, 2차시에는 '남자는' '여자는'으로 시작되는 차별하는 말을 들어본 적이 있냐고 물었어.

여자인데 왜 바지 입어?

여자는 축구 못해

남자가 왜 울어?

여자는 예뻐야 해

여자는 날씬해야 해

남자는 힘이 세야 해

남자는 돈이 많아야 해

여자는 경찰이 안 어울려

여자는 약해

남자는 씩씩해야 해

여덟 살 아이들이 발표한 내용이야.

이 말을 다른 말로 바꿔보기로 했어. 우리 반 아이들이 바꾼 말은 다음과 같아! 하나의 예시를 들어주었을 뿐인데 어디서 저런 생각들이 나왔을까 놀라게 하는 답변들을 보여줘.

여자인데 왜 바지 입어?

→ 여자가 바지 입는 것은 자유야. 여자도 편한 바지 입는
   것이 좋아

여자는 축구 못해

→ 남자도 축구 잘할 수 있고 여자도 축구 잘할 수 있어

남자가 왜 울어?

→ 남자는 사람이기 때문에 울 수 있어. 기분 나쁘말 하지
   말아줘. 남자는 기분 나빠서 우는 거야. 놀리지 마.

여자는 예뻐야 해

→ 여자도 안 예뻐두데 다른 사람에게 예쁘다 못생겼다
   얘기하는거 아니야

여자는 날씬해야 해

→ 여자도 커도 돼고 뚱뚱해도 돼. 여자도 고기 먹어도 돼. 여
   자도 남자도 뚱뚱하다고 놀리면 안 돼!?

남자는 힘이 세야 해

→ 우리는 힘이 약한 사람 도와좋아해

남자는 돈이 많아야 해

→ 남자는 돈이 없어도 행복하면 만족

여자는 경찰이 안 어울려

→ 남자도 여자도 꿈은 자유야

여자는 약해

→ 나는 여자인데 팔씨름에서 힘센 남자도 이겼어. 힘센 사

진영이가 송이에게

람도 있고 약한 사람도 있어

남자는 씩씩해야 해

→ 두리 안 씩씩 해도 돼요. 남자는 여자 안 도와도데. 우리

는 서로 도와야데

3차시에는 남녀가 팔씨름을 했는데 '여자는 약해빠졌다'고 발언했던 학생이 여학생에게 졌어. 남자가 힘이 세고 여자가 힘이 약한 것이 아니라, 힘이 센 사람과 약한 사람이 있다는 것, 남자라고 늘 힘이 셀 필요는 없다는 것, 약함이 놀림의 대상은 아니라는 것, 힘이 센 사람이라면 약한 사람을 도와줄 수 있는 공감능력이 필요하다는 것. 이야기는 이어졌는데 페미니즘 교육은 이렇게 약자와의 연대로 이어진다는 것을 다시 깨달은 시간이었어.

아이들은 고정된 성역할을 강요받으면서 불행해져. 나도 그렇게 커오면서 불행해졌던 것이기에 최소한 내 자리에서 할 수 있는 일을 하려고 해. 버거울 때도 많아. 버거워도 사소하게 보이는 것부터 지켜나가면 아이들은 조화롭고 자유롭게 클 수 있을까….

이미 준비되어 있던

성차별

평일 저녁에는 퇴근을 하고 나면 집안 일과 육아로 정신이 없어. 퇴근이라기보다는 다시 집으로의 출근이나 마찬가지야. 퇴근하자마자 저녁을 차리고 함께 놀고 재우다 보면 같이 잠이 들어버리기 일쑤지. 그나마 주말이 되면 남편과 오전, 오후로 나눠 육아를 맡으니 여유가 생겨. 반면 주말에만 파도를 탈 수 있는 너에게는 평일 저녁이 여유의 시간이겠구나. '평일의 편지'와 '주말의 편지'를 쓰게 된 지도 벌써 4개월이 다 되어가네. 금요일이 되면 너에게 받을 평일의 편지로 설레어. 주말이면 새벽 파도를 타러 가기 위해 불금임에도 일찍 잠자리에 드는 너에게서 편지를 받고 나면 나는 심호흡을 한번 크게 내쉰 뒤 단숨에 읽기 시작한단다. 네가 타는 파도처럼 편지를 읽어 삼켜버리는 거야. 마치 갈증을 풀기라도 하듯 말이지. 내가 생각했던 것을 네가 생각하고, 내가 생각하지 못한 것들을 네가 생각하고 있다는 것이 신기하고 재미있을 따름이야. 그래서 나는 언제나 평일의 편지를 기다린단다. 특히, 최근의 주제는 더욱더 말이지.

네가 말한 〈결혼 이야기〉말이야. 다음 날 바로 그 영화를 봤어. 요즘 나는 영화나 드라마는 우리나라 것만 보는 편이야. 자막을 볼 필요가 없으니 일을 하면서도 옆에 배경음악처럼 틀어놓을 수가 있거든. 육아를 시작하

고부터는 자막이 있는 영화나 드라마를 거의 보지 않았
는데, 네 덕에 두 시간 가까이를 온전히 영화에만 집중
할 수 있었단다. 결혼을 하고 아이를 키우면서부터 나에
게 시간은 '정액권'과도 같아. 시간이 한정적이라 그 시
간 안에 내가 하고 싶은 모든 일들을 해야 하거든. 가끔
집안일에 쫓기다 보면 숨을 쉬는 것도 아까울 때가 있어.
숨을 쉬는 시간마저도 단축하면 더 빨리 일을 마칠 수 있
을 것 같다는 생각이 들 정도로 미혼일 때와 기혼일 때의
삶은 사뭇 달라져 있더라고. 사실 결혼 전에는 생각도 못
했어. 내가 이렇게 시간을 아껴 쓸 줄을 말이야.

사실 고백할 것이 있는데 저번 편지에 결혼 생활을 성
별 없는 행성으로 만들어가고 있다고 했지만 꼭 그렇지
만은 않아. 암묵적으로 성별이 하는 일에 대한 구분된다
는 것을 나 스스로가 느끼고 있거든. 특히 육아에서 그
래. 영화 〈결혼 이야기〉 결말에서 결국 이혼을 하고 각자
의 길을 가지만, 아이를 안고 가는 전 남편의 풀린 운동
화 끈을 묶어주잖아. 그 장면을 보면서 나는 아이를 안
고 가는 전 남편이 행여 운동화 끈에 걸려 넘어져서 아
이가 다치지는 않을까 걱정하는 엄마의 마음을 느꼈어.
우리 집 아이 역시 잘 놀아주고 함께해주는 남편을 항상
따르지만, 막상 아프다거나 기분이 좋지 않을 때는 언제

송이가 진영이에게

나 엄마인 나를 찾거든. 생각해 보면 아마 처음부터 아이는 그렇지 않았을 거야. 다시 로크먼은 『은밀하고도 달콤한 성차별』에서 이렇게 말해.

> 모성 본능이라는 개념은 아기 출생 당시와 직후뿐 아니라 평생 엄마가 아이들을 돌보는 일에 적용된다. 모성 본능은 여성으로 하여금 억압받는다는 생각을 덜어주고, 여자가 탁월한, 아마도 유일하게 적합한 주양육자라는 생각을 반사적으로 뒷받침한다. 중요한 것은 이에 상응하는 부성적 자질을 떠올릴 수 없다는 점이다. 인간 문화는 이런 생각을 결코 받아들이지 않았다. (다시 로크먼, 정지호 역, 『은밀하고도 달콤한 성차별』, 푸른숲, 2020, 105쪽)

나 역시 은연중에 엄마와 아내는 가족 구성원의 내적인 면을 감싸주는 존재여야 한다는 책임 의식을 가지고 있는 것 같아. 이런 나의 행동들이 아들에게 엄마와 아빠의 역할 분담을 만들어내는 거겠지.

항상 평등을 외치고는 있지만 나도 모르게 불쑥 불쑥 나오는 성차별적인 발언이나 생각들을 보면 아마 우리 집에서 가장 성차별이 심한 사람은 아마 나일 거야. 오랜 세월 속에 익혀진 관습이나 제도를 한 번에 무너뜨리지 못한 것 같아. 그런데 말이야. 이게 어쩌면 이런 고정된 성관념들이 '일부러' 주입된 교육이라고 생각되지는 않니?

전부터 나도 구전 동화나 명작동화들의 성차별이 이해할 수 없어서, 수업할 때는 이야기를 선별하거나 수정해서 들려주고 있었어. 하지만 이야기의 전개상 어쩔 수 없이 수정하지 못하는 이야기도 여전히 많은 것 같아. 진영이 네가 말했던〈은혜 갚은 호랑이〉처럼〈선녀와 나무꾼〉도 참 기가 막히지. 나 역시 어릴 때는 크게 개의치 않고 즐겨보던 이야기들이었는데, 생각해보면 나무꾼이 선녀가 하늘나라로 올라가지 못하도록 옷을 훔치고 아이를 둘이나 낳은 건 거의 범죄잖아. 그리고 선녀가 아이 둘을 안고 하늘나라로 올라갔을 때만 해도 그래. 나무꾼도 사슴이 알려준 두레박을 타고 하늘나라로 뒤따라 올라가서 모두가 행복하게 살았다고만 하지만 '행복하게 살았다'는 어디까지나 나무꾼의 입장이지 선녀는 아닐 수도 있을 것 같아. 만약 그랬다면 적어도 아이를 둘이나 낳고 함께 살았던 남편을 두고 아이만 데리고 하늘나라(친정)로 올라가지는 않았을 것 같다는 뭐, 기혼의 입장에서는 그렇다는 거지. 어찌 되었건 저녁마다 잠자리에 들기 전에 아들에게 다양한 동화책을 읽어주다 보면 나도 모르게 '헉' 소리가 절로 나올 때가 있어. 심지어 엄지 공주 이야기는 읽어주다가 뒷부분부터는 내 마음대로 각색해서 읽어줬어. 아직 아들이 한글을 못 깨우쳤다는 것에 안도하면서 말이지. 엄지 공주처럼 납치가 판을 치고, 여주인공은 언제나 착해야 하고 남자와 결혼을 해야 행복한 결말로 끝나는 예전 동화들을 외우다시피 읽으며 내가 자라왔다고 생각하면, 지금 나의 잠재의식 속에서 쉽게 지워지지 않던 성 관념들이 당연한 것일지도 몰라. 동화는 아이들이 세상을 배우는 첫 단추라고 생각하니 등골이 오싹하기도 하고 말이지. 웃긴 건 책벌레였던 나와 반대로 남편은 그 당시 유명한 명작 동화의 내용들을 지금도 잘 몰라. 어릴 때부터 책을 멀리하고(?), 온종일 뛰어놀기만 했다는 남편의 어린 시절이 지금 그의 양성평등사상을 만들어낸 것일 수도 있었던 게 아닐까. 그때는 놀기만 하는 모습에 커서 뭐가 되려고 책 한 권 안 읽냐는 말을 들었을지는 몰라도, 길게 생각해보면 오히려 잘된 일일 수도 있으니 이거 웃기면서도 슬픈 이야기다. 그치.

안 그래도 요즘은 스페인의 일부 학교들은 교내 도서관에서 성 고정관념을 강화하는 성차별적인 동화를 퇴출하는 분위기래. 아마 우리나라도 곧 그런 분위기가 되지 않을까. 성차별뿐만 아니라 인종차별도 서슴없이 해대던 그 시절의 동화들이 그 사회를 반영하고 있었다고 생각하면 그 시절의 교육을 받아온 나로서도 씁쓸한 마음을 떨칠 수가 없어.

다행히 학교 사회도 성인지 감수성 강화로 점차 교육과 문화가 많이 개선되고 있는 걸 느끼고 있어. 예전에는 작은 학교일수록 가족 같은 끈끈한 유대감을 강조했었잖아. 늦게까지 회식 자리에 남아 있어야 하고, 어떤 여자 교사 중에는 예의라는 명목하에 관리자에게 술을 따라주고, 심지어 안주를 먹여드리라고 눈치를 주는 분들도 계셨어. 내 나이 또래의 딸이 있는 여교사 중에도 이런 것들을 회식 예의이자 당연한 것이라고 어린 여후배들에게 가르치고는 했었지. 지금으로 치면 정말 큰일 날 소리이지만, 그때는 남자뿐만 아니라 여자들 역시 성인지 감수성이 부족했었던 것 같아. 무엇이든 함께하고, 같이 해야 한다는 잘못된 공동체 의식이 부담스러워서 나는 빨리 나이를 먹기를 바랐었어. 나이가 들고 젊은 층의 교사들이 많은 큰 학교로 가면서부터는 한결 나아지는가 싶더니 이번에는 나이 든 미혼 여교사를 바라보는 시선을 감당해야 하더라(헐!).

도시 근무를 채우고 울며 겨자 먹기로 다시 작은 학교로 돌아온 지금은 그래도 세상이 많이 달라졌다는 것을 느끼고 있어. 회식 문화는 말할 것도 없고, 이제는 각자의 할 일만 다한다면 이유 없이 불이익을 당하는 일은 줄어들었어. 편협한 집단주의에서 개인주의로 조금씩 변하는 것이 느껴져. 그런데 무엇이든 그렇지만, 어느 한 쪽으로 기우는 건 위험한 일 같아. 집단주의에서 벗어나는가 싶더니 이제는 개인주의가 팽배해지는 것 같은 기분도 들거든.

요즘 신규교사들 중에는 병가를 위해 교사의 부모가 교무실로 직접 전화를 걸어오기도 하고, 왜 자기 아이에게 어려운 업무를 주었는지에 대해서 관리자에게 따지는 교사의 부모도 있대. 하지만 나는 이 문제에 대해 섣불리 옳고 그름을 판단할 수가 없어. 내가 지금의 문화를 이해하지 못한 것은 아닌지 하는 우려와 함께, 이제 나도 소위 말하는 '꼰대'의 길로 들어선 것은 아닌가 하는 의구심이 들곤 해.

진영 　 애정 어린 눈빛으로 바라보네

학기말이 되어 가고 있어. 적당히 하지 못해서 녹초가 되는 날들을 이어오다가 이제 더는 몸이 따라주지 않는 칠월이야!

어제 다른 학교에 근무하는 혜민이가 방학 계획을 알려주는데 그 계획이라는 것이 병원 투어라는 거야! 이비인후과, 정형외과, 치과 등 어느 병원에 다닐지. 학기 중에 다니지 못했던 병원을 방학에 몰아서 다니는 거야. 수도권에 있는 큰 병원을 가야 하기도 하니까. 학기 말이 되면 교사들은 몸이 아프기 시작해. 나도 치과 진료와 과민성 대장 증후군 진료를 받으러 가야 하고 성대결절로 이비인후과도 다녀야 해.

혜민이는 첫 발령동기야. 가장 남쪽에 있는 제주도에서 살다가 가장 북쪽에 있는 고성에 떡하니 발령이 났는데 처음으로 겪는 타지 생활에 함께 발령난 동기가 힘이 되었어. 가끔은 비교 대상이 되기도 하지만 길잡이가 되기도 하면서 우리는 서로 의지하며 지냈어.

혜민이는 수업 준비도 철저하게 하고 학생들과 대화를 하며 문제를 해결해나가고(생활지도를 더 잘 하고 싶어서 대학원에서 상담을 전공하기도 했어.) 맡은 업무도 야무지게 운영하고 학생들에게 좋은 사업이라면 망설임 없이 신청하고 교사로서 무기력해지는 것을 두려워하는 교사야. 나는 웬만해서는 따라갈 수 없다고 생각하지.

내게 아이가 있다면 혜민이가 담임이면 좋겠어.

첫 발령지에서 혜민이와 함께 연구부장 은숙 선생님, 유치원 선생님 상희 언니를 만났어. 이렇게 네 명이 속초에서 고성까지 카풀을 하며 많은 시간을 함께 보냈어. 이은숙 선생님은 뭐든 척척 해내는 선생님이었는데 통일 연구학교, 진로교육 대회 등을 진행하며 후배 교사인 우리들에게 좋은 영향을 주려고 노력했어. 협동학습 연구회, 다중지능 연구회 등 교과연구회를 소개해주기도 했어. 상희 언니는 옆 아파트에 살면서 차가 없는 나를 태우고 연구회에 다녀줬어. 2년 후에 나는 원주 지역으로 지원해서 전근을 가게 되었는데 원주에서도 작은 학교에 발령이 났어(2년 만에 원주로 갈 수 있었던 이유도 은숙 선생님이 함께 하자고 이끌어주었던 연구대회에서 딴 점수 덕분이었지).

첫 학교에서는 이것저것 배우며 정신없이 지내느라 미처 몰랐는데 두 번째 학교에 가고 나니 처음 만난 선생님들이 앞으로의 교직생활에서 얼마나 중요한지 깨닫게 되었어. 두 번째 학교에서는 말도 안 되는 상황들이 여러 번 벌어졌는데 그곳이 첫 학교였다면 나는 선배 선생님들에게 실망하고 선생님이 된 것에 대해 회의감을 느꼈을 거야.

다행히 나의 기준은 첫 학교 선생님들이었으니 부당

한 상황을 당연한 것으로 받아들이지 않을 수 있었어. 그곳에 있던 여덟 명의 교사 중 네 명이나 3년 차가 되지 않은 신규교사였는데 그런 우리에게 무례하게 행동하는 선배 교사가 있었어. 평상시에 사용하는 속어를 거침없이 사용하고—그것이 마치 애정이 깃든 말인 양—우리가 수업하는 도중에 창문을 열고 소리치는—물건을 망가뜨린 학생을 찾는다는 명목하에—등.

교감 선생님은 우리가 출제한 문제를 신뢰할 수 없다며 시험 문제지를 사라고 하거나, 학생들이 풀어야 하는 문제지를 사주고는 그 문제지를 잘 풀게 한 교사에게 점수를 많이 주겠다고 하거나, 웅변 대회에 내보내는 목표가 자신의 체면을 세우는 일인 양 열심히 연습하는 우리 반 학생 말고 다른 학생으로 교체하라는 등 참기 어려운 언행을 보였어.

교장 선생님은 방과후 예산도 피아노도 없는데 날더러 방과후 피아노 교실을 만들라고 어깃장을 놓는가 하면 회식자리에서 "내가 강진영 선생님과 뽀뽀하고 싶다고 하면 잡혀가겠지?"라고 말하기도 했고, 영양 선생님에게는 "내가 너를 저 멀리 발령 보낼 수 있어."라고 했던 것도 기억나. 그러니까 그 학교는 '막장'이었어. 모두가 신규교사였으니 세상 무서운 줄 모르고 막 대하는 거야. 내가 나열한 것은 극히 일부분에 지나지 않은 것이니 어떤 지옥이었을지 조금은 상상이 가지? 학교를 그만두고 싶었어. 그나마 이 사람들이 교사들의 대표가 될 수 없다는 것을 알았기에 견딜 수 있었어. 내가 처음에 만난 교사는 이들과 정반대인 사람들이었으니까.

더이상 참을 수 없는 지경이 되어서 나는 교육청에 신고하겠다고 소리쳤어. 마음 속으로 외치고 있었던 것이 결국 소리를 타고 절규가 되어 터져버린 것이지. 선배 교사는 공식적으로 사과를 했지만 그 다음부터는 리벤지가 기다리고 있었고.

그럼에도 저 시기를 버텨낼 수 있었던 것은 부당한 것을 부당하다고 함께 얘기했던 동료교사가 있었기 때문이야. 그때는 사회생활을 시작한 지 얼마 되지 않아서 현명하게 대처하는 방법을 몰랐어. 그때로 돌아간다면 더 잘 대응할 수 있었을 것 같은, 더 일찍 대응할 수 있을 것 같은 아쉬움이 있지만 그러려니하고 넘어가지 않고 소리쳤던 그 순간이 위안이 돼. 만약 그때 덮어두고 지나갔다면 지금까지 부끄러웠을 거야.

그 후에도 교무부장이라는 이름으로 권력을 남용하는 교사를 만났는데 ― 많은 교사들이 그의 메신저가 날아오면 심장이 뛸 정도로 노이로제에 걸리게 했지. ― 어떤 교사는 얼마나 괴롭힘을 당했는지 정신병원 상담을 받아서 기록해두고 싶었을 정도였다고 해.

진영이가 송이에게

내가 수긍할 수 없는 부분에 대해서는 꼭 그 사람에게 강력하게 대응하며 모든 에너지를 사용하지 않더라도 그가 부당하게 '하라'고 한 것을 정당하게 '하지 않는 것'으로 대응하는 힘이 생긴 것 같아. 역시 그 다음에는 리벤지가 돌아오더라도.

지금은? 지금은 더 든든한 동료교사, 선배교사들이 있어. 내가 1학년을 다시 맡은 이유는 여러 가지가 있겠지만 동학년 선생님들 때문이기도 해. 우리는 학교에서 아이들을 만나기도 하지만 대부분의 시간을 공유하는 사람 역시 동료교사이기도 하니까. 좋은 사람들과 함께하면 일이 힘들어도 즐겁잖아.

혼자 싸우는 건 힘들어. 나만 부딪혀 산산조각이 나버리잖아. 우리가 마주하는 수많은 상황들, 관리자와의 상황, 아이들과의 상황, 학부모와의 상황, 동료교사들과의 상황에서 주변에 터놓고 이야기할 수 있고 도움을 요청할 수 있는 사람이 있는 것은 감사한 일이야.

이런 사람들 옆에 있고 싶어.

내가 동료교사에게 어떤 배신감을 느꼈을 때 다정하게 '친절한 이기주의자'들이 있는 것이라고 다독여주는 선생님. 부정적인 감정을 주체 못해 나에게 쏟아붓고 뒤늦게 미안하다고 하는 학부모에게 어떻게 대응하면 내가 후회없을지 경험담을 들려주는 선생님. 부당한 상황에 직면하면 해야 할 말을 바로 하는 모습을 보여주는 선생님. 나는 우리 반 학생들에게 친절했나. 혹시 내가 권위적으로 굴지는 않았나. 나는 우리 반 학생들이 즐겁게 배울 수 있는 활동을 준비하고 있나. 나를 돌아보게 하는 선생님.

은종 선생님과 처음 같이 1학년을 맡게 되었을 때가 생각나. 도움반 학생을 누가 맡을지 정하는 시간이었어. 나도 도움반 학생을 두 번 만난 적이 있어서 내가 그들에게 좋은 선생님이 될 수 있을지, 맡게 되면 일 년이 얼마나 힘들지 망설이는 사이에 허은종 선생님이 "제가 맡을게요!"라고 하시는 거야. "저는 이런 시간이 싫어요. 못견뎌요"라고 하셨던 것 같아. 학생을 얼마나 존중하시는 분인지 그 순간 느껴졌어. 그리고 나는 이 사람 옆에 오래 있고 싶다고 생각했어. 작년에도 올해에도 함께하고 있고 내년에도 같이하자고 서로 꼬드기는 중이야.

노윤주 작가의 글처럼 속초에서 만난 허 선생님 옆에서 낚시대를 드리우고 있을 거야.


어떻게 하면 좋은 사람들을 만날 수 있을까. 어떻게 하면 좋은 사람들을 만나서, 나도 좋은 사람인 척하며 살수 있을까. 이 질문에 대한 답은 의외로 간단하다. 첫 번째 좋은 사람을 만나면 되는 것이다. 간절한 마음으로 돌아다니다가 좋은 사람 '한 명'을 발견하게 되면, 그다음은 볕 좋은 날 목 좋은 곳에 낚싯대를 드리우고 앉아 있는 것처럼 순조롭다.

좋은 사람 곁에는 약속한 듯이 좋은 사람들이 있기 때문에, 첫 번째 좋은 사람을 슬쩍 당기는 노력만으로도 두 번째, 세 번째 좋은 사람들이 줄지어 매달려오는 것이다. (노윤주, 『다정한 사람에게 다녀왔습니다』, 바이북스, 2018, 84쪽)


'오늘도 수고했다. 퇴근 시간이야. 얼른 퇴근해요!'라고 서로 애정 어린 눈빛으로 바라보는 동료들이 줄줄줄 매달려. 송이야, 오늘도 수고했다. 곧 방학이다!

적당한 교사가 되는 길

진영아, 몸은 좀 괜찮아? 아직 학기중인 너에게 이런 말을 하기에는 미안하지만, 실은 우리 학교는 이미 지난 주에 방학을 했어(히히).

새학기가 시작되면 우리 교사들은 그 학기가 마지막 학기인 것처럼 전속력으로 앞만 보고 달리는 경향이 있지. 그렇게 불나방이 불을 향해 달려가듯 달리다 보면 어느 순간부터 슬슬 몸의 이곳저곳에서 신호를 보내오는 것을 느낄 수 있어. 하루는 어깨가 아프고 그다음 날은 입술 포진이 생기더니 어느 순간부터는 온몸 안 아픈 곳이 없고…. 그럴 때 달력을 보면서 문득 깨닫지. '아! 이제 곧 방학이구나!' 신기하게도 방학이 온다는 것을 몸이 먼저 알지. 우스갯소리로 교사들은 교직을 그만두면 일반 회사에서는 절대 일을 못 하겠다는 말을 하기도 하잖아. 왜냐하면 회사에는 방학이 없으니까. 누군가는 그런 교사의 방학을 비난하기도 하겠지만, 그건 교사들의 습성을 몰라서 하는 말이야. 교사라는 직업은 반딧불과 비슷한 것 같아. 반딧불은 성충이 되어서 보름밖에 살지 못하는데도 불구하고, 보름의 삶을 위해서 물만 먹으며 빛을 내기 위해 온 힘을 다하거든. 교직도 그렇지 않을까. 남들이 보기에는 설렁설렁 아이들이나 가르치는 직업이라고 하겠지만, 이건 마치 전업주부들에게 "당신이 집에서 하는 일이 뭐가 있어!"라고 막말하

는 것과도 같은 거야. 그 어떤 일도 세상에 쉬운 일은 없
듯이, 교사라는 직업 역시 마찬가지거든. 각자의 개성이
넘치는 아이들을 네모난 교실 안에 모아놓고 따로 또 같
이 가르치기 위해 매 학기마다 즙을 쥐어짜듯 온 힘을
다 쏟아내야 하니 진짜 반딧불과 비슷하지 않니? 특히
1학기는 아무래도 '관계의 새로운 시작'이라고도 할 수
있으니 여름을 기점으로 대부분의 교사들이 체력 고갈
을 느낄 수밖에 없나 봐. 그중에서도 최고는 역시 1학년
의 1학기겠지. 날 것의 아이들에게 본격적인 공동체 생
활을 가르쳐주기 시작하는 시기일 테니 말이야. 안 그래
도 체력이 좋기로 소문난 너마저도 요즘 들어 부쩍 지쳐
하는 걸 보니 이제 진짜 방학이 시작되는 모양이구나(힘
내, 진영아!).

그럼에도 너에게 남은 1학기의 일주일을 적당히 하
라는 말은 못 하겠어. 분명 너는 적당히 하지 못할 걸
잘 알고 있으니까. 말로는 '이제는 적당히 해야겠다'고
하겠지만, 아니, 넌 절대 적당히 못 할 거야. 유명한 요
리 연구가였던 줄리아 차일드가 "인생이란 적당히 먹
고 마시고 즐기는 것이다"라는 말을 했었어. 그런데 말
이야,'먹고 마시고 즐기는 인생'에서의 '적당히'는 대체
어느 정도 먹고 어느 정도 마시고 어느 정도 즐겨야 적
당한 걸까. 차라리 '인생이란 하루 1580kcal을 먹고, 2L

의 물을 마시고, 하루 3시간씩 휴식을 즐기는 것'이라고 말해주었다면, 주입식 교육에 익숙한 나에겐 오히려 더 알아듣기 쉬웠을 것 같은데 말이야. 그러니 나 역시도 너에게 적당히 하라는 말을 못 하겠어. 차라리 '진영아, 남은 체력을 싹싹 긁어서 하얗게 태워버리고 방학을 맞이할 수 있기를'이라고 말하는 게 더 진심이 담긴 대답일 것 같다.

아니! 그런데 나 왜 이렇게 꼬장꼬장해졌지? '적당히'라는 말을 왜 적당히 못 넘기고 이렇게 길게 훈수를 두듯 적고 있는 걸까. 요즘 들어 부쩍 내가 고지식해진 것 같다는 생각이 들어. 언젠가 교무실에서 동료교사들과 '꼰대 테스트'라는 걸 한 적이 있었거든. 인터넷상에 설문지처럼 돌아다는 건데 다들 재미 삼아 한번씩 해보기로 한 거야. 꼰대 레벨은 1에서 5까지 있는데 숫자가 높을수록 꼰대 기질이 강하다는 뜻이었는데, 물론 나는 자신 있었지. 레벨 1이 아니라 아예 레벨 0이겠지 하며 당당하게 결과 버튼을 눌렀는데 오, 마이 갓! 왜 내가 꼰대 레벨 4인 거냐고! 웃자고 시작한 테스트에 죽자고 매달리며 결국 꼰대 레벨 4를 연속 세 번이나 확인한 후에야 그때부터 나는 내 안의 꼰대 기질을 인정하기로 했어. 역시, 지금도 '적당히'라는 단어를 물고 늘어지는 날 보니 장래 유망한 '꼰대'가 될 것 같지 않니? 하아.

　그러고 보면 우리도 벌써 중견교사가 되었구나. 평소
에는 실감이 잘 나지 않다가, 이렇게 정년 퇴임이 언제
인지 세어보면 확 와닿는 것 있지. 20년 정도밖에 안 남
았더라고. 만약 교직생활을 또 하나의 인생으로 본다면
우리는 지금 막 중간 지점인 사춘기에 접어들 시기인 것
같아. 그래서인지 몰라도 요즘 나는 교직의 질풍노도 시
기를 겪고 있는 중이야. 교직생활의 문화나 학교 관습도
해를 거듭할수록 변화되고, 아이들 또한 빠르게 변해가
고 있잖아. 나도 그 변화에 맞춰 따라가야 하는데 너무
빠른 변화에 뒤따르지 못하는 경우가 점점 더 많아지고
있어. 요즘 학생들이 좋아하는 연예인만 해도 그래. 나
름 학생들의 문화를 잘 알고 있는 신식(?) 교사라고 자
부했는데, '소녀시대'라는 걸그룹 멤버 이름까지는 어떻
게 열심히 외웠건만 '여자친구'라는 걸그룹부터 도통 어
렵단 말이지. 신조어인 '꼰대, 라테'라는 말은 저세상 이
야기인 줄만 알았는데, 요즘 나도 모르게 "내가 신규 때
는 안 그랬는데, 우리 학창 시절 때만 해도 어림도 없는
일이었는데"라는 말을 하고 있는 걸 보면 깜짝깜짝 놀
라기도 해. 그리고 자꾸 스스로를 검열하려고 들어. 나
자신에게는 점점 더 엄격해져서 작은 실수 하나에도 스
스로를 자책하려 들고 말이지. 진영이 네가 좋아하는 선

　송이가 진영이에게

배 동료와 싫어하는 선배 동료에 대한 글을 읽다 보니, 설마 이런 까다로움을 나 역시도 후배들에게도 무의식적으로 하고 있는 행동은 아닐까 하는 우려에 그간의 교직생활을 되새김질해보았어.

그렇게 나도 요즘 주변 동료 선후배 교사들을 보면서 '나는 어떤 교사인가, 이제 앞으로 어떤 교사가 되어야 할까'에 대한 고민을 하고 있는 중이야. 그런데 하나 확실한 건 일단 나는 적당한 교사가 되기는 그른 것 같다는 것이지. '반딧불처럼 실지 말아야지, 저당히 넘어갈 줄 아는 교사가 되어야지' 하고 매번 다짐을 하기는 해. 일뿐만 아니라, 아이들에게, 동료들에게도, 학부모들에게도 상처 받지 않기 위해 적당한 거리를 두자고 그렇게 다짐을 하지만 결국 오늘도 나는 나의 수많은 속내를 그들에게 보이고 말아. 그리고 또 상처를 받지. 천성이 밴댕이 소갈머리인 나는 지금도 수년 전 그때 상처를 줬던 그 동료 선배를, 그 관리자를 만나지 않기 위해 학교를 옮길 때마다 명단부터 확인해보는 수고로움을 마다하지 않는단다. 일이 고된 건 참을 수 있는데, 인간관계에서의 갈등은 참기 힘들 정도로 고되고 힘들거든. 피하지 못하면 즐기라고 하지만, 글쎄 나는 피할 수 있으면 최대한 그들은 피하고 싶다.

그런데 말이야, 혹시 누군가도 나의 이름을 명단에서 찾아보며 피하려고 애쓰고 있지 않을까? 그러고 보니 항상 상처 받은 일만 기억하고 내가 상처 준 일은 없었는지에 대한 생각은 잘 안 하는 것 같네. 아, 진짜 나 이렇게 꼰대의 길로 가는 걸까? 반성 좀 해야겠다. 나이가 들어도 누군가에게 미움을 받는 일은 여전히 두려운 일이거든. 그러다 보니 아이들에게도 적당히 무서우면서도, 적당히 자상한 선생님이 되고 싶었고, 동료교사들에게도 호불호가 없는 적당한 사이가 되려고 했던 것 같아. 결국 나는 좋은 게 좋은 거고, 누군가와도 갈등 없이 미움받지 않고 적당히 안락하게 살길 바랐던 거지. 그래서 더 어려웠나 봐. 적당한 삶을 위해 이렇게 재고 따지다 보니 더 피곤해지는 삶이 되어버린 거 있지.

　진영아, 나에게 인생을 적당히 사는 것은 말처럼 결코 쉬운 일이 아닌 것 같아. '적당히'라는 말은 너무 빡세지도, 너무 풀어지지도 않게 허리띠 구멍 하나 정도의 널찍함 같은 것이라고 결정을 내려버렸어. 적당히 살기 위해서는 그만큼 삶의 간격을 일일이 신경을 쓰면서 살아야 하는 것이더라고. 이렇게 따지고 보니 '열심히' 혹은 '게으르게'라는 말보다 더 어려운 말이 '적당히'였네(어쩐지 삶이 너무 어렵게 굴러간다 싶더니만). 그러니 아무래도 올 생에 나는 지금처럼 반딧불처럼 중간이 없는 삶을 살아나가겠구나 싶어. 행여 최선을 다하여 빛을 뿜어냈음에도 아무 성과 없이 지나버린다고 해도 그게 반딧불의 숙명이듯이, 나의 교직 인생 역시 언젠가는 무엇이든 겸허하게 받아들일 수 있는 날이 오겠지?

이제 곧 너도 1학기의 성충이 된 반딧불 교사의 마무리가 되어가는구나. 아이들이 하는 게임들처럼 우리도 방학 동안 다시 리셋되어 건강한 2학기 성충으로 만나자. 2학기에도 온 힘을 모아 빛을 만들어야지! 으라차차!

진영

방학 숙제 하는

선생님

마지막 편지가 꽤 늦었지? 방학을 하고 고향에 내려왔어. 고향이 제주도라서 방학 동안 본가에 다녀온다고 하면 다들 부러워 해. 그런데 여행지가 아닌 고향 제주는 달라. 부모님의 고충을 가까이에서 부대끼게 되고 가족의 일원으로 할 일을 하다보면 말 그대로 이곳은 나에게 삶의 터전이야. 코로나19가 다시 확산세를 부리고 발리행도 좌절되었으니 내가 떠나온 곳은 제주도야. 여름 동안 파도가 좋은 곳이기도 해.

부모님의 운영하던 팬션 정리를 도와드려야 했고 이제 막 백일이 시난 조카와 여섯 살, 일곱 살, 여덟 살 조카들을 만나기도 했고 잠시 눈을 감고 있는 시간이 필요했어. 바다를 보며 멍을 때리고 내내 쉬었어. 파도가 오면 파도를 타고 동네 책방에서 읽고 싶었던 책을 모조리 담아서 밤새 읽기도 하며. 내가 나에게 낸 방학 숙제하는 기분으로.

'셰익스피어 배케이션'이라는 것을 들어 본 적 있니? 영국 빅토리아여왕이 공직자에게 삼 년에 한 달 정도 유급휴가를 주었다고 해. 그 기간에 셰익스피어 작품 다섯 편을 읽고 독후감을 제출한데서 비롯된 말이 '셰익스피어 배케이션'이래. 한 십 년 전쯤에 이 제목으로 출판되었던 김경 작가의 에세이집 (웅진지식하우스, 2009)을 읽었었어. 한동안은 방학 때면 셰익스피어 배케이션이라고 생각하고 읽고 싶었던 책을 한아름 싸고 떠났어. 라오스에 갈 때는 작은 트렁크 가득 '바벨의 도서관' 시리즈를 넣고 가기도 했지. 읽을 것이 떨어지면 돌아오자는 생각으로.

모두가 셰익스피어 배케이션을 보낼 수 있다면 얼마나 좋을까? 기업에서는 일 년에 한 달 정도 직원들에게 유급휴가를 주는 거야. 읽어야 할 책은 정해주지 않고 각자가 읽고 싶은 책을 읽도록 하는 거야. 일 년에 한 달이 힘들다면 삼 년에 한 달이라도….


최근에 좋아하는 배우 문소리와 정재영이 나오는 드라마 〈미치지 않고서야〉 1회를 보게 되었는데 재미있어서 정주행을 하고 있어. 한명전자 회사의 연구원, 기술자, 인사팀들의 이야기를 보여주는데 다른 회사를 다녀본 적이 없는 나에게는 흥미로운 이야기야. 소설이나 드라마는 자신이 경험해보지 못한 세계를 경험하게 해주잖아. 그들은 회사를 위해 새로운 기술을 만들어내지만 언제 퇴사해야 할지 모르는 회사원들이고 어떻게든 살아남기 위해 각자의 방법으로 소신껏 살고 있는 모습을 보여줘. 드라마 〈미생〉을 보았을 때도 그들의 삶을 들여다보고 공감하기도 했는데 나는 저곳에서는 살아남지 못했을 거란 생각도 들었어.

우리에겐 선택이 주어졌던 거야. 삶은 선택으로 이루어지는 거니까. 다시 선택하라고 해도 나는 이 선택을 할 거야. 높은 연봉은 없더라도 재충전의 시간이 주어지는 일. 자기 계발의 시간이 내가 만나는 아이들에게 좋은 영향을 주는 것과 연결된 일.


방학식을 하며 처음 방학을 맞이하는 여덟 살 아이들에게 방학이 무엇인지 설명해주자 질문이 쏟아졌어.

"선생님, 개학이 뭐예요?"

"선생님, 그럼 2학기에는 선생님이 안 오시나요? 다른 선생님이 오시나요?"

"선생님, 가을방학은 없나요?"

"왜요?"

아이들과 1학기 마지막 인사를 나눴어. 한 명씩 이름을 불러 통지표를 주면서 악수를 하거나 포옹을 하는 인사. 쑥쓰러운 아이들은 악수를 선택하고 스킨십을 좋아하는 아이들은 달려와서 폭 안겨. 폭 안기면 울컥해. 작년에는 악수도 제대로 하지 못하고 헤어졌거든. 처음 맞이하는 코로나19라서 가급적 스킨십을 하지 않고 보내야 하기도 했고 겨울 방학 때는 갑자기 온라인으로 바뀌는 바람에 제대로 된 마무리도 하지 못한 채 2학년으로 보내게 되었으니까. 이렇게 악수든 스킨십이든 조심스럽게나마 다시 할 수 있다는 것과 마스크를 쓰고서 하루종일 생활한 아이들이 안쓰럽고 대견하기도 해서 눈물이 나올 것 같았어.

그때 한 학생이 물어볼 것이 있다면서 나왔어. 똘망똘망한 도현이.

"선생님, 이제 정체를 밝혀주세요."

그동안 몰랐는데 이 아이도 내가 외계인인 것을 의심하고 있었던 거야. 의심이란 반은 믿고 있다는 반증이니….

"외계인!"

"그럼 선생님 UFO는 어디 있어요?"

그러자 아이들이 큰 소리로 대신 대답해줘.

"선생님이 UFO는 서핑보드잖아. 선생님이 그때 그거 타고 왔다고 했잖아!"

도현이에게 나의 진짜 정체는 2학기 끝날 때 밝혀주겠다고 했어. 그 아이는 나중에 내가 외계인이 아닌 것을 밝혀낼 것만 같은 아이야. 우리는 서로 물놀이 안전, 코로나 안전, 교통 안전, 유괴실종 안전, 폭염 안전을 약속하며 헤어졌어.


여덟 살 아이들에게 방학은 무엇일까? 초등학생 때

진영이가 송이에게

나는 방학보다 학교가 더 좋았어. 생각해보면 그 이유는 나에게 자유가 없었기 때문이었던 것 같아. 초등학생 신분인 나는 어른들이 데리고 가는 곳만 갈 수 있었고, 어른들이 하라고 하는 것만 할 수 있었으니까. 자유가 있었다면 학교를 더 좋아했을 리가 없잖아?

방학이 되면 집에서만 생활하는 아이들 중에는 더 돌봄을 받지 못하는 아이들도 많을 거야. 돌봄을 받지 못해서 종일 스마트폰만 붙잡고 유튜브를 보거나 게임에만 빠져 있는 아이들도 있어. 학대를 받는 아이들은 없는지…. 방학이 아이들에게 지옥이 아니라 신나는 일이길 바라. 어떤 아이들은 개학이 되면 훌쩍 커서 돌아오곤 해. 아이들이 무사히 안전하게 개학날 학교에 오기를 바라는 것이 모든 교사들의 바람일 거야. 그까짓 방학 숙제 좀 못하면 어때? 그림일기 못 써오면 어때? 나도 실컷 노느라 일기를 개학 전날 몰아 쓴 적이 얼마나 많은데.

그런데 우리에겐 꼭 해야 하는 방학 숙제가 남아 있구나. 지금까지 썼던 편지들을 다듬어서 책으로 만드는 일. 내일부터 처음부터 하나씩 읽어 보려고 해. 그동안의 편지가 하나의 원고로 묶인다니 어떤 책임감 같은 것이 느껴진다. 하지만 분명 재밌는 숙제가 될 거야.

송이

좋은 교사가
되고 싶지 않아

벌써 방학의 반이 지나갔어. 이번 여름은 유독 더운 것 같아. 나는 방학이 시작하고도 계속 학교에 나오고 있어. 사실 교실에서 30초 거리에 관사가 있으니 나에게 집이 학교이고, 학교가 집이거든. 방학이지만 평소처럼 8시에 집을 나와 아무도 없는 빈 교실에서 나만의 방학을 보내고 있단다. 교실 컴퓨터에 모든 자료가 있기도 하지만, 아무래도 매일 앉아서 일하던 공간이 확실히 편해. 학기 중에는 앉아 있을 틈도 없이 북적거리고 소란스럽던 교실이 이렇게 조용하다니. 뭔가 어색하지만 나쁘지 않은 것 같아. 학교 안에 살고 있는 나에게 방학은 엄마들의 개학과도 같아. 학교에 보내놓고 한시름 돌리며 집안일을 하고 커피도 한 잔 마시며 아이들이 하교하기를 기다리는 엄마들처럼 나도 이번 여름 방학을 '학교 엄마의 개학'처럼 즐기는 중이야. 그 덕에 워킹맘인 내가 몰랐던 것들을 깨닫고 있어. 전업주부들의 오전 시간은 정말 눈 깜짝할 사이에 지나가버린다는 거야. 가끔씩 퇴근하고 돌아와서 육아를 담당하며 프리랜서로 일하는 남편의 게으름을 의심했던 것이 미안할 정도로 말이야. '아니, 아이 유치원 보내고 나면 시간이 얼마나 널찍한데 이것도 안 해놓았지?'하는 꽁한 마음을 종종 품곤 했었거든. 그런데 막상 내가 겪어보니 집안일을 몇 가지만 하고 나도 벌써 하원 시간(4시)이더라. 이제 막 내 일

좀 하려고 하는데 말이지. 학기 중에는 잘 가지 않던 시간들이 방학이 되면 마법이라도 부린 듯 후다닥 지나간다고 느껴지니 제아무리 교사라도 해도 방학이 좋은 건 어쩔 수 없나 봐. 그렇게 개학이 다가오는 것을 아까워하는 아이들처럼 나 역시 하루하루를 아끼며 방학을 보내고 있는 중이야. 2학기에 덜 바쁘기 위해 미리 개별화교육 계획서도 준비해놓고, 체력도 만들어야겠지. 이 두 가지가 이번 나의 여름방학 숙제란다. 아! 물론 나만의 시간도 가져야지. 요즘 새로운 곡을 쓰고 있는데, 이번에는 동요를 한번 만들어볼까 해. 내가 만들고 싶은 곡이 있다고 해서 척척 만들 수 있는 능력이 있는 건 아니지만 그래도 시도는 언제나 재미있으니까. 그렇게 나는 방학이 되면 집이나 학교, 혹은 어딘가 조용한 카페에서 은둔하다시피 거의 숨어 지내. 나는 에어컨 없는 삼복더위도 참을 수 있는데, 점점 퍼지는 기미는 세상에서 제일 무섭거든.

그러고 보니 이런 점마저도 우리는 정반대의 기질을 가졌구나. 운동을 그다지 좋아하지 않는 나는 정적인 활동을 즐기는 만면, 지금쯤 너는 땡볕 따위는 아랑곳하지 않고 제주도의 파도를 타고 있을 테니 말이야. 이렇게 취미도, 습관도, 생활도 정반대인 너와 매주 편지를 주고받은 지도 벌써 한 학기가 지났어. 처음에 내가 너에게 이 프로젝트를 제안했을 땐 우리가 정반대의 성향이라는 것이 꽤 재미있는 실험이 될 것 같다고 생각했었거든. 따지고 보면 우리는 교사라는 직업 외에는 공통점이 거의 없잖아. 아, 여자라는 공통점이 있구나. 일반 초등교사와 특수교사, 미혼과 기혼, 바다와 산, 글과 노래 등 정반대의 우리들이 주고받는 편지 속에서 다름도 느꼈지만, 의외로 비슷한 것도 많다는 것이 놀라웠어.

일단, 우리는 처음부터 교사라는 이 직업을 사랑하지 않았다는 것이지. 애초에는 적당한 안정을 위해 이 직업을 선택했다고 봐야지. 지금도 그렇게 미친 듯이 이 직업을 사랑하지는 않는 우리들일 거야. 누군가 교사가 되기 위해 우리에게 조언을 구한다면 조금 더 찬찬히 고민해보라는 말을 덧붙이겠지. 우리가 여태 말해왔던 것처럼 교직이 보이는 것처럼 썩 좋다고만은 할 수 없었으니까. 그럼에도 우리는 아마 이 직업을 그만두지는 않을 거야. 안정된 직장이라는 타이틀 때문에서가 아니라, 정확히 말하면 아이들 때문이겠지. 교직 생활을 하면서 가끔씩 때려치우고 싶다는 생각을 들게 만드는 이유 중의 하나에도 아이들이 있었지만, 다음 생에도 다시 태어나면 다시 교사가 되어야지 하는 다짐을 하게 만드는 것 역시도 아이들 때문이었거든. 너 역시 모든 걸 던져버리고 파도와 시 쓰는 것에 몰두하고 싶다고 입버릇처럼 말해도 결국 방학 기간 동안 반 아이들에게 있을 너의 부재를 신경 쓰고 있는 것처럼 말이야. 살다 보면 누구나 별의별 일을 다 겪듯이 교직생활 역시 그랬어. 그럼에도 불구하고 정말 단 한 번도 교사를 그만둬야겠다는 마음을 실천에 옮기지 않았어. 이유는 모르겠어. 처음에는 안정적인 수입 때문이라고 생각했지만 그게 전부는 아닌 것 같아. 그러다가 문득 늦은 밤 잠든 아들을 쓰다듬으며 열심히 살아야겠다는 다짐을 하는 나를 보며 깨달았지. 내 아이가 삶의 이유가 되었듯이, 지금 교사의 하고 있는 이유는 바로 가르치고 있는 아이들 때문이지 그 이상도 그 이하도 아니라는 것을 알게 되었어. 때로는 몰상식하게 구는 관리자와 직장 동료를 만나도, 나를 마치 유모나 전담 집사처럼 생각하는 학부모를 만나더라도, 정서행동장애를 가진 학생이 사람이 꽉 찬 강당에서 욕을 하며 내 정강이를 걷어차도 그건 한때 지나가는 고약한 풍파일 뿐인 거야. 모든 것을 쓸어버릴 것 같은 강한 토네이도가 한바탕 불고 지나가고 다시 눈을 떠보면 아이들은 그 자리에 그대로 있거든. 교단에 선 나를 한결같은 눈빛으로 바라보고 있는 거야. 와, 내가 이 눈빛에 중독되었구나. 아마 이 눈빛이 고파서라도 나는 절대 제 발로 학교를 떠나지는 못할 것 같다는 생각이 들었어. 며칠 전 예술을 하는 친구에게 "그러니까 넌 영락없는 딴따라"라는 말을 했었는데, 그 말을 이번에는 우리들에게 해야 할 것 같아. "그러니까 우리는 영락없는 선생인 거야."

　　이제 곧 우리의 편지들은 폴더 안의 저장으로 끝나는 것이 아니라 우리를 전혀 모르는 누군가에게도 읽히겠지. 꽤 설레면서도 한편으로는 걱정되는 부분도 있어. 나의 부족한 부분이 폭로되는 것은 두렵지 않은데 나 자신이 행여 좋은 교사로 미화될까 봐 조심스러워. 만약 누군가 내가 하는 일에 너무 많은 존경을 한다면 너무 미안할 것 같아. 나는 내가 봐도 절대 좋은 교사는 아니거든. 이것 봐. 나 역시 지금의 방학을 좋아하고 있잖아. 매달 17일에 들어오는 월급에 설레고, 평일과 주말 시간의 상대성 원리(같은 시간인데 주말과 달리 평일에는 너무 시간이 늦게 가는 것 있지)를 몸소 느끼며 살아가는 수많은 직장인 중에 한 사람일 뿐이야. 아마 모든 교사들이 그렇지 않을까. 본업인 아이들을 가르치는 일에 최선을 다하고 퇴근 후에는 마트에서 장을 보며 저녁 메뉴를 고민하는 여느 집 엄마나 아빠, 할머니, 할아버지인 평범한 사람들일 뿐인 거지. 학교 밖 사람들이 교사라는 직업을 너무 대단하게 보지 않았으면 좋겠어. 너무 높게 보면 또 그만큼 실망하게 될 테니까. 스승의 그림자도 밟으면 안 된다는 시절은 애초에 지나갔고, 스승의 날 선생님 책상 위에 수북하게 선물을 쌓아놓던 시대도 지나갔어. 이제는 학부모가 과수원에서 직접 따 왔다는 사과 두 알도 손사래를 치고 양손에 수갑을 차는 시늉을 하며 "어머니, 저 이거 받으면 '철컹철컹'이에요"라고 농담해가며 돌려보내야 하는 것이 요즘 세상이야. 하지만 신기한 건 이렇게 모든 것들이 다 변해가도 여전히 교사에게 바라는 높은 기대감만은 변하지 않는다는 거야. 그러니 나는 교사를 꿈꾸는 누군가에게 '웰 컴 투 교직'을 외치며 레드 카펫을 깔아주며 환영하지는 못할 것 같아. 그럼에도 누군가 굳이 교사가 되겠다고 하면 말리지는 않겠지. 미혼이었을 때 기혼인 친구들이 '결혼하지 마, 결혼은 무덤이야'라고 하면 항상 속으로 '치, 자기들은 했으면서 나보고는 하지 말래…'라고 생각했었거든. 나도 교사라는 직업은 3D업종이고 더럽고 치사하니 하지 말라고 말해. 그러면서 정작 나는 학교에 뼈를 묻으려고 하고 있잖아. 그런 걸 보면 교사라는 직업은 분명 안 좋은 것보다 좋은 것이 더 많은 거야.

반대로 신규 딱지를 붙인 후배 동료가 자기는 이 직업이 적성이 아닌 것 같다고 그만두고 싶다고 말한다면, 이건 적극적으로 말리고 싶어. 교직은 판도라 상자니까. 이왕 이렇게 온 것 마지막 남은 단어는 무엇인지 보고 결정해도 늦지 않을 거라고 말하면서 말이지.

　나는 우리들이 좋은 교사가 되지 않았으면 좋겠어. 좋은 교사라는 굴레에 얽매여 이 순간들이 부담스러워진다면 그건 정말 불행한 일이 될 테니까. 대신 양심에 손을 얹고 나쁜 교사는 되지 않겠다고 다짐할 수 있다면 그걸로 족하지 않을까. 아이들에게도 너무 최고가 되지 않아도 된다고 가르치듯이, 우리도 너무 최고의 교사가 되려고 아등바등하지 않아도 될 것 같아. 우리가 행복해야 아이들도 행복할 테니 말이지.

　이제 얼마 있음 개학이야. 곧 2학기가 시작되겠지. 수십 번을 겪는 새 학기인데도 매번 새 학기는 설레어. 왠지 이번 새 학기에는 내가 더 행복한 교사가 될 수 있을 것 같다는 기대감이 생기거든(지난 새 학기에도 분명 이런 기대감이 있었지만). 2학기에는 체력을 더 보강해서 활동적인 수업을 해볼 생각이야. 과연 내 체력이 잘 따라줄지 모르겠지만 최선을 다해봐야지! 앞으로 우리는 어떤 교사로 살아가게 될까. 이 편지가 끝나도 종종 이렇게 서로의 안부를 물어보자. 나는 내가 가보지 못한 너의 길이 항상 궁금하니까. 진영아, 앞으로도 네가 타는 파도처럼 힘차게 나아가줘! 나 역시 그렇게.

**진영**  아이들이 마스크를 벗고
등교하는 풍경을 그리며

혜민이에게 전화가 걸려왔다. 학교에 가지 못해 속상하단다. 나는 출근하지 않는다니 부럽다고 대답했다. 찐선생 혜민이에게 대단하다고 했다.

"에이, 언니 왜 그래. 언니도 열심히 하면서."

그런가? 생각해보니 나는 출근하지 않는 것을 좋아하긴 하지만 출근하면 열심히 한다. '내 여덟 살 인생이 당신에게 달려 있어요.' 이렇게 말하는 듯한 스물세 명의 눈망울을 두려워하며 분주히 움직인다.

송이에게 편지가 왔다(그러고 보니 책을 출판하자고 의논을 시작한 매체도 편지였다). 초등교사와 특수교사가 이야기를 주고받으면 어떠냐고 했다. 그때 나는 서핑 에세이를 메일링하는 중이었고 시집을 묶을 준비를 하고 있었다. 서핑 에세이는 마무리되고 있었고 시집을 묶는 일이 수월하지 않은 상황이었다. 교직 생활은 14년 차가되었고 이제는 교사 이야기를 할 수 있을 것 같다는 생각이 들 때였다. 타이밍이 맞았다.

송이한테서 본격적으로 편지가 오기 시작했다. 답장을 했다. 편지를 주고받는 글쓰기는 상대의 글을 받고 읽어야만 쓸 수 있는 규칙과 재미를 선사했다.

14년 동안의 생각과 기억이 소환되었다. 글을 써서 기록하는 이유는 개인의 경험으로 머물지 않았으면 하기 때문이다. 주제를 하나씩 꺼내들면서 스스로에게 질문하고 글을 쓰는 과정에서 교사로서 내가 얼마나 변화했을까를 돌아본다. 도약을 하게 되면 더 좋겠지. 개인의 경험이 확장되어 누군가에게 쓸모가 있다면 더더욱 좋겠지.

결국 우리는 교사의 경험을 흔적으로 남기고 싶었던 것이다. 아니 에르노(Annie Ernaux)는 "글을 쓰는 것은 이름이나 사람으로서 흔적을 남기는 것이 아니라 시선의 흔적을 남기는 것"이라고 했다. 세상에 대한 시선. 우리가 교사로서 세상을 학교를 교실을 아이들을 보아왔던 시선의 흔적을 이렇게 남긴다.

좋은 교사가 되고 싶지 않아

**초판 1쇄 발행**  2021년 11월 8일
**초판 2쇄 발행**  2022년 6월 3일

**지은이** 강진영·임송이

**발행인** 김병주
**COO** 이기택 **CMO** 임종훈 **뉴비즈팀** 백헌탁, 이문주, 백설
**행복한연수원** 이종균, 이보름, 반성현
**에듀니티교육연구소** 조지연 **경영지원** 박란희
**주간** 이하영

**펴낸 곳** (주)에듀니티
**도서문의** 070-4342-6114
**일원화 구입처** 031-407-6368 (주)태양서적
**등록** 2009년 1월 6일 제300-2011-51호
**주소** 서울특별시 종로구 인사동5길 29 태화빌딩 9층
**출판 이메일** book@eduniety.net
**홈페이지** www.eduniety.net
**페이스북** www.facebook.com/eduniety
**인스타그램** www.instagram.com/eduniety/
          www.instagram.com/eduniety_books/
**포스트** post.naver.com/eduniety

문의하기

투고안내

**ISBN 979-11-6425-103-2 (13810)**
값은 뒤표지에 있습니다.